# Quand il me prend dans ses bras

Charlie Wat

# Quand il me prend dans ses bras

Du même auteur :

Si tu crois un jour que tu m'aimes (2018)
Une histoire d'amour sans caribou (2017)
L'amour à nu (2016)

Paru chez City Editions :

Il était encore une fois (2018)



Correction et mise en pages : claudie.libersa.edition@gmail.com

ISBN : 978-1-7932782-0-3

*« La nuit n'est jamais complète.*
*Il y a toujours puisque je le dis,*
*Puisque je l'affirme,*
*Au bout du chemin,*
*Une fenêtre ouverte,*
*Une fenêtre éclairée.*
*Il y a toujours un rêve qui veille,*
*Désir à combler,*
*Faim à satisfaire,*
*Un cœur généreux,*
*Une main tendue,*
*Une main ouverte,*
*Des yeux attentifs,*
*Une vie : la vie à se partager. »*

Paul Eluard (in *Derniers poèmes d'amour)*

# – 1 –

Début du cours. Le gong résonne. Une musique hypnotique, propice à la méditation, censée nous envoyer toucher d'autres cieux, emplit la salle.

— Vous êtes solidement assis, entame le professeur. Les deux pieds collés au sol, les bras le long du corps, on se redresse, on ferme les yeux. On inspiiire, on retient, un-deux-trois-quatre, on expiiire. Inspiiire, on retient, un-deux-trois-quatre, expiiire. Inspiiire, retient, un-deux-trois-quatre, expiiire.

J'ouvre un œil et observe Marion en catimini. Mon amie effectue les mouvements avec le plus grand des sérieux. Sa poitrine, tout comme celles des huit autres participants, se soulève et s'abaisse au rythme des instructions. Je referme les paupières et tâche de me concentrer sur la voix grave et profonde de notre formateur.

— On inspiiire, on retient, un-deux-trois-quatre, expiiire, répète-t-il.

Rien à faire, je n'arrive pas à focaliser mon attention sur les consignes. Alors je scrute les autres. Ils ont l'air de vivre l'expérience à fond. C'est donc moi qui souffre d'un manque patent de concentration. Allez, Emma, recentre-toi.

— Inspiiire…

J'ai oublié d'étendre le linge ce matin. Et puis je n'ai pas eu de frère. J'aurais adoré en avoir un. N'importe quoi, pourquoi est-ce que j'y pense maintenant ? Je referme les paupières et m'efforce de rassembler mes esprits pour ne plus penser à rien d'autre qu'à cette fichue salle de sport où dix personnes et un professeur en sarouel violet tentent d'amadouer leur plexus solaire, assis sur des chaises en plastique disposées en rond.

— … On retient… Un-deux-trois-quaaatre…

Ce quatre est aussi long qu'un trajet Paris-Bordeaux. Personne ne bronche. Pourtant, ils sont à la limite de l'asphyxie. Ils sont rouge pivoine, à deux doigts de vivre une expérience de mort imminente. Leur résistance force mon admiration.

— … expiiire…

Ouf. Un peu plus et je voyais trente-six chandelles.

— Maintenant que nous avons réglé notre souffle et que nous avons pris conscience de notre présence au monde, nous allons nous tenir la main tout en gardant les paupières closes.

Je tends les mains. À droite, tout est parfait, celle de Marion est douce et chaude. À gauche, en revanche, c'est une autre paire de manches. Une main moite d'homme, des doigts tremblants. La sensation de petits vers grouillant sous mes phalanges. Très désagréable.

— Caressez-les, palpez leur paume, appréhendez les doigts, imprégnez-vous de la texture de la peau, concentrez-vous sur les sensations.

Je suis mortifiée. Si, de mon côté, je fais mon possible pour garder à distance cette main poisseuse, le type, au contraire, semble prendre un malin plaisir à me malaxer la pogne. Et vas-y que je te tripote le pouce, et vas-y que j'appuie dessus. Que croit-il au juste ? Que du lait va finir par en sortir ? Je me demande d'ailleurs pour quelle raison cet homme suit ce cours *New Age*. Bien sûr, il doit avoir quelques soucis à régler ; dans cette salle, nous partageons tous cette caractéristique.

En dépit des soupirs agacés que le formateur lance dans ma direction depuis le début du cours, je risque un regard pour détailler l'homme aux mains collantes et aux aisselles auréolées. Il est visiblement plus jeune que moi, 20, 25 ans à la louche.

— Focalisez-vous sur l'épiderme de l'autre, reprend l'enseignant en secouant ses dreadlocks et en appuyant ses orteils surdimensionnés sur le parquet. Explorez, partez à sa rencontre sans peur du jugement.

Le jugement, c'est un poison. Il faut être parfaitement dans les normes, conformes aux standards, lisses, sans aspérité. À la moindre anicroche, la bien-pensance vous catalogue. Les trop peureux, les trop anxieux, les trop sensibles, les trop émotifs, les trop colériques, les trop lunatiques, les trop mélancoliques sont la plupart du temps considérés comme des malades priés de se faire soigner et de ranger leur mal de vivre au fond d'une boîte hermétique.

À le voir suer comme un pot de fleurs fendu, je suppose que ce gars est là pour lutter contre une timidité maladive. Ou des pulsions sexuelles déviantes. À cette pensée, je recule imperceptiblement. Un détraqué, c'est bien ma veine.

— Ouvrez lentement les yeux et prenez le temps d'observer votre voisin.

Je pivote lentement, pour retarder le moment où je vais devoir affronter l'individu.

Le type me regarde en souriant d'un air contrit. Terriblement mal à l'aise, je me mets à lorgner les chevilles poilues du prof. Je sens une pression sur ma paume droite : c'est Marion. Elle s'inquiète, comme toujours. Elle veut s'assurer que je gère. Dès que nos regards se croisent, elle grimace pour me détendre.

— Bien, à présent, levez-vous tranquillement et marchez dans la salle. Évoluez à votre allure.

Le bruit des chaises couvre la mélodie des bols tibétains, au moment où notre petit groupe se dresse sur ses jambes. L'air de rien, je me colle aux basques de Marion. Sa présence me sécurise.

— Quand vous le sentez, fermez les yeux tout en continuant à vous déplacer. Ralentissez. Concentrez-vous sur les bruits et les odeurs pour essayer de ne pas envahir l'espace vital de vos compagnons. Dans le même temps, acceptez que l'on s'approche de vous. Ayez confiance.

Ridicule. Certains se cognent aux murs quand d'autres se prennent les pieds dans les chaises. On dirait une horde de zombies somnambules. Les organisateurs de ce cours à visée thérapeutique ont-ils au moins souscrit une assurance en cas d'accident ?

— Ouvrez les yeux. Découvrez la personne la plus proche de vous.

Môssieu Je-transpire-de-partout. Évidemment. Tu parles d'une déveine.

— Mettez-vous face à face, poursuit le professeur en ouvrant ses mains en signe de ralliement. Rapprochez-vous. Les yeux dans les yeux, ne baissez pas le regard. Accueillez l'autre dans toute sa différence et son individualité. Dites : « J'ai confiance en toi. »

— J'ai confiance en toi, répète en chœur notre petite assistance.

Je cherche Marion. Elle se tient face à une femme pétulante de 75 ans en jogging fluo. Je l'envie : question partenaire, mon amie est rudement mieux lotie que moi.

— Maintenant que les bases sont posées et que vous vous êtes assurés de votre confiance mutuelle, retournez-vous et laissez-vous tomber chacun votre tour sur votre partenaire.

De loin, Marion m'adresse un sourire encourageant que je lui rends en arborant l'air le plus assuré possible. Pourtant, j'ai autant envie de me jeter dans les bras de Monsieur Je-transpire-comme-je-respire que de manger une pomme pourrie.

Ma détermination molle ne semble pas convaincre Marion qui, depuis l'autre bout de la salle, me fixe avec ses sourcils en accent circonflexe et son nez froissé. Je sais pertinemment ce que son air exaspéré signifie : *Fais un effort, Emma, montre que tu veux t'en sortir, prends sur toi, ça ne marchera jamais si tu fais tout à reculons. Personne n'y croira à ta place.*

Je veux lui faire plaisir. Alors je vais me concentrer, pour elle, pour la remercier de m'avoir accompagnée dans ce cours destiné à m'aider à gérer mes angoisses. Je vais faire confiance à ce jeune homme et je vais me laisser aller dans ses bras dégoulinants.

Alors que je suis lancée, le type écarte brusquement les bras. Je m'écroule sur le sol avec la grâce d'un ours empaillé.

— Pardon, murmure-t-il, penaud, c'est compliqué pour moi.

Le pauvre, il semble réellement en difficulté. Après tout, nous sommes tous embarqués ici dans la même galère, bagnards de l'angoisse, handicapés des relations humaines.

— Ce n'est rien, on va essayer dans l'autre sens, suggéré-je en me relevant.

Il pivote. Je me mets en place, jambes fléchies, épaules solides, bras en arc de cercle, bien décidée à ne pas flancher.

Mais, déjà, le doute me submerge. Vais-je seulement y arriver, moi qui ne réussis jamais grand-chose ? Et si mes bras lâchaient ? et si mon dos se bloquait ? et si l'homme se retrouvait les quatre fers en l'air, affublé d'un traumatisme crânien par ma faute ? et si je m'endormais là, tout de suite ? La panique me prend à la gorge, je suis assaillie de tremblements. La crise est imminente.

*Respire, respire, respire.*

Et si j'étais trop nulle pour le rattraper ?

J'ai l'impression que le type hésite. Il tangue. Sa respiration s'emballe. À moins que ce ne soit mes jambes qui ne me portent plus.

*Respire, respire, respire, respire.*

Tout vacille.

Patatras.

Obscurité.

Narcolepsie/Cataplexie : 1 – Emma : 0.

# – 2 –

Le vestiaire des femmes est vide. Comme d'habitude, Marion et moi sommes les dernières à partir.

— Tu es certaine que c'est une bonne idée de prendre la route maintenant ? demande Marion en zippant son sac de sport. Tu viens d'avoir une crise, je ne suis pas sûre que ce soit très prudent.

— Ce n'est pas comme si je n'avais pas l'habitude de gérer ça…

— Mouais, tu parles… Pour de vrai, Emma, il n'y a pas moyen de décaler ? Je ne sais pas moi, tu n'as qu'à leur expliquer que tu as un contretemps, ils vont comprendre, conseille-t-elle en revêtant sa veste en cuir modèle aviateur.

— Impossible, ils m'ont rappelée hier pour confirmer le rendez-vous. Et puis je crève trop d'envie de savoir ce que ce notaire va me dire. Tu te rends compte, ça fait quinze jours que je me triture le cerveau !

Deux semaines que je tourne en boucle.

Depuis ce coup de fil du notaire pour m'annoncer le décès d'Anna.

Anna, c'est la sœur de ma grand-mère. Je ne l'ai pour ainsi dire pas connue et, dans la famille, elle fait un peu office de vilain petit canard. D'aussi loin que je me souvienne, dès que quelqu'un prononce son nom ou évoque un événement auquel Anna a participé, les têtes s'inclinent et le volume sonore des voix s'abaisse automatiquement, comme s'il s'agissait d'un sujet tabou. Aussi, en vingt-huit années d'existence, je n'ai vu qu'une seule photo d'elle, aperçue par inadvertance tandis que ma grand-mère faisait du vide dans ses souvenirs. Un visage acéré, un chignon strict, un regard noir et peu engageant, un corps osseux. À l'époque – j'avais huit ou neuf ans –, tata Anna m'a fait l'effet d'un vieux corbeau. Le mystère qui entoure cette femme a achevé de me convaincre que nous nous porterions bien aussi longtemps que cette drôle de sorcière ne nous donnerait pas signe de vie. L'ironie du sort a voulu qu'Anna refasse surface au moment de sa mort, par le truchement d'une clerc de notaire plus antipathique qu'une porte en bois.

— Non, mais si ça se trouve, tu es riche ! s'exclame Marion en ouvrant la porte du vestiaire. Imagine, tu vas peut-être hériter de trente mille hectares de vignes à Saint-Émilion !

Un courant d'air froid s'invite dans la pièce. Je noue les lacets de mes baskets avant de me redresser :

— Vu le genre, je m'attends plutôt à un manoir hanté en haut d'une colline.

— Avec des corneilles et des arbres biscornus ? s'enthousiasme-t-elle.

— Tu peux même rajouter un cimetière et des tables qui tournent !

— Oh la la, je sens que le prochain Halloween va être dingue !

— À condition que la meute de loups qui gardent le jardin ne m'ait pas dévorée d'ici là !

Elle éclate d'un rire cristallin pendant que j'enfile ma doudoune et finis de rassembler mes affaires.

Nous sortons sous un ciel bas, cueillies par une bruine froide qui nous claque au visage. J'attrape le bras de Marion et me faufile sous son parapluie noir à pois jaunes.

— Bon, lâche-t-elle à l'approche de la bouche de métro. Je n'arriverai pas à te faire changer d'avis, même en me jetant à tes pieds et en me tordant de douleur ?

Je secoue la tête.

— J'irai, même si tu te transformes en cacatoès pour m'amadouer.

— Et si c'est toi que je transforme ?

— Pareil. À la limite, ça m'arrangerait, j'irais en volant, ça me ferait gagner du temps, assuré-je en embrassant sa joue froide.

Au lieu de rire comme je m'y attends, elle me dévisage d'un air indécis.

— Tu es vraiment vraiment vraiment sûre à quatre-vingt-dix mille pour cent que la voiture est obligatoire ?

Sa sollicitude me touche, mais il est hors de question que je change mes projets.

— Certaine, je veux pouvoir repartir dès la fin du rendez-vous, sans être forcée d'attendre un train qui passera à cinquante kilomètres de là dans, au mieux, deux ou trois jours.

— Bon. Peut-être que l'homme de ta vie t'attend là-bas…

J'ironise dans l'espoir de dissiper son anxiété :

— Il y a des chances, surtout que je compte bien faire tourner les têtes des célibataires du coin avec la sublime voiture sans permis que j'ai réservée sur Internet !

Marion glousse en se grattant le bout du nez. Sa bonne humeur est si communicative qu'elle parvient souvent à me faire oublier à quel point mon existence est un fiasco.

Parce que oui, niveau fiasco, ma vie se pose là.

Le problème, c'est que je m'endors tout le temps, partout, sans raison apparente. Et quand je suis éveillée, l'idée de m'assoupir à des moments ou dans des lieux inappropriés m'angoisse tellement qu'elle me paralyse. Et plus je stresse, plus cela favorise mes crises. Bref, c'est le serpent qui se mord la queue. Voilà presque dix ans que la narcolepsie régente ma vie et empoisonne mon quotidien.

D'abord, au boulot : alors que j'ai terminé mon droit pour être avocate internationale, je travaille dans une supérette tenue par la cousine de Marion, car personne ne veut embaucher une femme au sommeil incontrôlable. Une avocate qui ronfle en pleine plaidoirie, on a vu mieux niveau crédibilité.

Quant à mes relations amoureuses, c'est le désert de Gobi : je les crains et les fuis comme la peste, par peur des moqueries. La faute à un ex-petit ami peu scrupuleux qui avait trouvé malin de prendre des photos de moi en plein malaise.

Parce que je me méfie de tout le monde sauf de Marion, ma vie sociale est, elle aussi, un joli désastre : je ne sors pratiquement jamais. Le week-end et le soir, c'est plateau télé et séries. Bien que mon canapé ne soit pas à mémoire de forme, il s'est avachi au point d'épouser parfaitement les courbes de mon corps.

Enfin, la famille. Vaste sujet. Entre eux et moi, c'est plutôt en dents de scie : à leurs yeux, tout cela n'est que caprice, volonté ras des pâquerettes, paresse pharaonique ou problème d'hygiène de vie : « On n'a jamais vu ça, tu n'as qu'à te coucher plus tôt si tu ne veux pas tomber de sommeil dans la journée, m'a longtemps exhortée ma mère à chacun de nos échanges. Mange des fruits, fais une cure de vitamines, inscris-toi à un cours de Zumba ! » Lassée de me justifier, j'ai fini par espacer mes coups de fil et je m'arrange désormais pour éviter les réunions de famille : mariages, baptêmes, enterrements, Noël, jour de l'An et autres réjouissances se déroulent sans moi.

Et bien sûr, aucun traitement ne s'est avéré efficace. Aucun.

Un fiasco donc. Sur tous les tableaux.

Après m'avoir fait promettre de l'appeler dès mon arrivée, Marion s'engouffre dans le métro. Je la regarde quelques secondes dévaler les marches d'un pas leste. Difficile d'imaginer qu'il y a trois ans à peine, cette jeune femme volubile et pleine d'allant était incapable de parler.

La pluie goutte sur mon crâne, mes cheveux prennent l'eau, j'ai froid. Je rabats ma capuche en reniflant avant de me diriger à pas pressés vers l'agence de location de voitures.

Je suis trempée quand je pousse la porte. Des mèches mouillées collent à mon front. Derrière son comptoir, une jeune femme mâche un chewing-gum, les yeux rivés à un écran d'ordinateur. Après m'avoir écoutée d'une oreille distraite, elle me tend les formulaires de location et me rappelle les conditions générales d'un ton monocorde. Une fois les formalités effectuées, elle m'entraîne dans la rue près du véhicule vert minuscule que j'ai loué. Une voiture sans permis : après que j'ai réussi l'exploit de causer douze accidents en huit mois – heureusement sans gravité –, le tribunal m'a retiré mon permis de conduire.

Alors que j'avise, perplexe, l'automobile qui ressemble à un jouet, un souvenir me percute. « Eh, bouge ta caisse à savon, péquenaud ! » vociférait mon père, quand j'étais petite, aux automobilistes trop lents à son goût.

Je vais donc conduire une caisse à savon. Mais pour un tout petit savon sans ambition, sans rêve, sans rien. Un petit savon rabougri à moitié fondu. Un savon piteux, comme ceux qu'on abandonne au bord des baignoires.

Après un état des lieux vite expédié, l'employée de l'agence me donne la clé et me souhaite un bon voyage tout en m'enjoignant à la plus grande prudence. Au moment où je m'installe derrière le volant, elle prononce sur un ton dans lequel je perçois une pointe de raillerie condescendante :

— Vous savez que la réglementation vous interdit de prendre l'autoroute. Cela n'aurait pas été le cas si vous aviez opté pour un véhicule traditionnel. Il est encore temps de changer d'avis, vous savez.

Fidèle à moi-même, incapable de la moindre répartie, je baisse la tête, honteuse.

Je jette un œil dans le rétroviseur en quittant la place de parking. La jeune femme fait des bulles avec son chewing-gum tout en pianotant à toute vitesse sur son téléphone. Je suppose qu'elle rédige un message. Un message où elle se moque de cette drôle de nana qui est venue louer une voiture riquiqui et qui a choisi l'option *Kilométrages élevés*. Le combo atomique. Je me sens ridicule. Mon cœur se serre.

C'est parti pour trois bonnes heures de route sur les nationales et les départementales, avant de découvrir ce que le notaire attend de moi. Pourquoi suis-je la seule héritière de cette tante qui était presque une inconnue ? Et de quoi ai-je hérité au juste ?

Trois heures, donc, à tergiverser, à supposer, à subodorer, à me remémorer le ton énigmatique qu'a adopté l'homme de loi alors que je lui proposais de régler cela par téléphone, tant la perspective de me déplacer aussi loin m'angoissait : « Vous savez, mademoiselle, à votre place, je prendrais cela très au sérieux. Il y a beaucoup de choses en jeu. Votre grand-tante était quelqu'un de très spécial. »

Très spécial. C'est en effet ce que mes parents et mes grands-parents ont l'air de penser.

« Un héritage ? Cette folle de Chaillot ? Eh ben, on aura tout vu ! » s'est exclamée ma grand-mère avec dédain.

« Tu crois quoi, Emma ? Que tu as gagné au loto ? Tu vas vite déchanter, c'est moi qui te le dis ! » a raillé ma mère.

« Saint-Sauveur ? Ils font de la poterie par là… » a doctement commenté mon père, en bon professeur d'histoire-géographie à la retraite qu'il est.

« Anna… Anna, ah oui, Anna, c'est vrai… » a bougonné mon taiseux de grand-père avant de ronchonner sur ses bégonias qui ne se décident pas à pousser.

Rien de plus. Comme à chaque fois qu'il est question de la grand-tante, les membres de la famille Heussler se referment comme des huîtres.

Dans trois heures, ma curiosité sera enfin assouvie. Dans trois heures, je me garerai à Saint-Sauveur-en-Puisaye.

Tout à coup, un klaxon péremptoire.

— Va passer ton permis, morue !

Trois heures. Ça va être long…

# – 3 –

Il est près de 17 heures quand le panneau « Saint-Sauveur-en-Puisaye » apparaît.

Petite commune du département de l'Yonne, région Bourgogne–Franche-Comté, 894 habitants d'après le dernier recensement, un château abritant le musée Colette, des rues pavées au charme désuet, un cadre bucolique, une cité de caractère depuis peu jumelée à Penna In Teverina en Italie.

Ça, c'est pour l'image d'Épinal récupérée sur Internet hier soir.

La réalité offre en revanche un autre panorama : des nuages gorgés d'humidité plombent le ciel gris éléphant, et les trottoirs déformés ourlent des ruelles sombres et étroites. On est loin de la carte postale présentée sur le site du syndicat d'initiative. Hormis quelques véhicules qui ralentissent au niveau du dos-d'âne et la poignée de clients qui entrent et sortent d'une boulangerie toute proche, l'endroit semble désert. Et moyennement accueillant.

Je m'extirpe de la voiture trop basse et déplie mon corps avec difficulté. Je ne suis pourtant pas très grande : les jours de pluie, je culmine à un mètre cinquante-neuf. Allez savoir pourquoi, quand il fait beau, je me ratatine. Question d'arrosage sûrement.

Armée du GPS de mon Smartphone, je n'ai aucun mal à trouver l'office notarial : deux minutes de marche dans le vent cinglant de ce début du mois de mars suffisent à me conduire devant le petit bâtiment ancien de trois étages. Une plaque ovale dorée représentant la justice assise sur son trône est accrochée sous le toit, de manière à être visible depuis le trottoir. Juste en dessous, la mention « République Française » est inscrite en lettres majuscules.

J'avise le bouton de la sonnette. Instinctivement, j'aplanis ma doudoune et replace mes cheveux derrière mes oreilles. Une inquiétude monte, le genre de celle qui m'étreint dès que je suis face à une situation inconnue.

Paralysée par l'indécision, j'hésite depuis une bonne minute quand un vieil homme bougon me bouscule. Son coup d'épaule vindicatif me rappelle qu'il n'y a pas trente-six mille solutions. Ou je sonne et je prends le risque de patauger dans une situation inconfortable, ou je pars sans même savoir ce que cette grand-tante énigmatique m'a légué, au risque de le regretter toute ma vie.

Je dégaine mon téléphone.

— Allô ? Marion ? C'est moi…

— *Bien arrivée ?*

— Si on veut.

— *Comment ça, « si on veut » ?*

— Je suis devant l'étude. Il fait plus gris que sous ma couette. Il n'y a personne aux alentours, je déteste cet endroit et j'ai envie de partir loin loin loin.

— *Oui, mais non. Tu attrapes ton courage, tu t'en fais une écharpe, tu le serres bien fort autour de ton cou et tu vas voir ce que ce notaire te veut.*

— …

— *Et, bien sûr, tu nous rapportes un héritage de malade.*

— …

— *Et tu reviens en un seul morceau… Emma, t'es toujours là ?*

— Frigorifiée, les jambes en coton, mal au bide, le crâne en vrac, mais toujours là.

— *Tu vas t'en sortir comme une cheffe. Je suis avec toi.*

Marion m'a toujours donné de la force. Depuis le premier jour.

Nous nous sommes rencontrées à l'hôpital, il y a trois ans. J'étais là pour tester un énième traitement, elle essayait de reprendre goût à la vie. Marion avait cessé de parler après l'incendie de son appartement. Le feu avait pris en pleine nuit alors qu'elle dormait dans sa chambre. En moins de temps qu'il n'en faut pour le dire, elle s'était retrouvée coincée avec son colocataire à l'intérieur de son trois pièces en flammes, jusqu'à l'intervention des pompiers. Mis à part quelques contusions et une toux rauque, elle s'en était sortie indemne. Son colocataire, lui, n'avait pas eu cette chance. Il avait péri dans l'appartement en tentant de la sauver, elle.

Ce jour-là, nous attendions dans la même salle pour consulter le psychiatre. À mon arrivée, il ne restait qu'une seule chaise disponible. Je me suis donc assise à côté de cette jeune femme qui tenait un magazine *people*. Elle m'a souri en silence, comme pour me saluer, avant de se perdre dans la contemplation du plafond. Je l'ai observée tourner les pages du magazine sans les voir, les yeux dans le vague. Je ne connaissais rien de son histoire, mais quelque chose en elle m'a immédiatement touchée. Je me suis tout de suite sentie très proche de cette jeune fille brune et rondelette qui avait le même âge que moi et dont je devinais, malgré l'absence de parole, la bienveillance et la gentillesse.

Depuis ce jour, nous ne nous sommes plus quittées, chacune puisant dans l'autre la force qui lui manque. Après notre rencontre, j'ai passé des heures à lui lire des histoires et à lui raconter ma vie. Longtemps, elle ne m'a pas répondu. Pourtant, une petite lueur au fond de ses yeux m'encourageait à continuer.

J'étais présente lorsqu'elle a finalement prononcé son premier mot depuis l'incendie. Elle a dit : « Emma ». Émue aux larmes, je lui ai saisi la main. Elle m'a tendu un mouchoir. Peu à peu, à mesure qu'elle recouvrait l'usage de la parole, les rôles se sont inversés : à présent, elle s'occupe de moi et fait en sorte de rendre ma narcolepsie et mes angoisses moins prégnantes. Si elle garde de cette expérience un souvenir douloureux et quelques démons impossibles à vaincre, elle est néanmoins réarmée contre les vicissitudes de l'existence. Pas guérie, mais réparée.

Elle met un point d'honneur à m'accompagner dans mon combat : le cours de gestion du stress de ce matin ne lui est d'aucune utilité, à présent que les mots affluent sans encombre ; mais elle vient quand même, pour moi. Elle dit que je suis comme sa petite sœur. Elle, elle est mon ange gardien.

Je prends une inspiration et appuie sur la sonnerie. Une voix guindée bourdonne dans l'interphone.

— Oui, bonjour, je suis Mlle Heussler… Je viens pour… on a eu un échange téléphonique avec le notaire… au sujet d'Anna… je suis un peu en avan…

— *Entrez,* me coupe sèchement la personne à l'autre bout de la ligne.

La porte cliquète. Je pénètre dans l'étude.

## – 4 –

Une femme d'une quarantaine d'années juchée sur des talons carrés vient à ma rencontre. Elle a le pas aussi assuré que le mien est chancelant.

— Je suis la clerc de notaire, fait-elle en me tendant une main plus sèche qu'un parchemin. Asseyez-vous ici, Me Rouche va vous recevoir.

Mes genoux tremblent depuis une bonne dizaine de minutes quand la porte du bureau s'ouvre. Me Rouche apparaît dans l'encadrement.

Si son assistante ne m'inspire qu'une confiance toute relative, le notaire, quant à lui, me fait immédiatement une impression positive. Affable, il m'accueille dans un grand bureau composé de meubles massifs en bois foncé, encombrés de dossiers multicolores.

— Avant que nous ne commencions la lecture du testament de votre grand-tante, souhaitez-vous boire quelque chose ? Café ? thé ? jus de fruits ? verre d'eau gazeuse ?

Dans ma tête, les propositions défilent. Un café ? je pourrais ébouillanter le notaire si je le renversais ; un thé ? idem ; un jus de fruits ? du sucre, ce serait impossible à récupérer sur ce parquet verni.

Va pour l'eau. Dans mon état, mieux vaut jouer la prudence.

La clerc de notaire dépose illico sur le bureau un sous-verre en cuir bordeaux et sort de la pièce, avant de revenir, un verre plein entre les mains. Mon attention se focalise sur les petites bulles qui affleurent à la surface.

L'homme ouvre alors un dossier et en dégage l'unique feuillet qu'il contient. C'est une lettre manuscrite à l'écriture serrée et légèrement penchée.

— Bien, nous allons commencer la lecture si vous le voulez bien.

Je hoche la tête et bois le verre à toute vitesse tandis que Me Rouche chausse ses lunettes et s'éclaircit la gorge.

« Ceci est mon testament qui révoque toutes dispositions antérieures.

« Je soussignée Anna Adélaïde Marie Ballein, née à Paris dans le dixième arrondissement, le 7 décembre 1932, domiciliée 3 chemin des Rameaux 89 520 Sainte-Colombe-sur-Loing, entend léguer l'intégralité de ma succession à ma petite-nièce Emma Heussler, née le 12 juillet 1990, sous la réserve d'une condition suspensive. »

Je l'arrête :

— Une condition suspensive ? Qu'est-ce que ça veut dire ?

La clerc de notaire me jette une œillade sévère qui me propulse aussitôt au fond de mon siège. Vexée de m'être fait rabrouer comme une enfant, je m'efforce de ranger mon empressement dans ma poche et porte de nouveau le verre vide à ma bouche, dans une tentative désespérée de me redonner une contenance.

De son côté, elle se recompose une mine solennelle. Quant à Me Rouche, il se pince les lèvres et reprend là où ma fougue l'a interrompu :

« Tous les biens qui composent ma succession au jour de mon décès lui seront définitivement acquis à l'issue d'un mois au cours duquel elle devra prouver sa capacité à reprendre les rênes de mon entreprise de pompes funèbres. »

J'avale de travers l'unique goutte d'eau qui était restée au fond du verre. Il a bien dit *une entreprise de pompes funèbres* ?

Sans quitter la lettre des yeux, Me Rouche hausse un sourcil. Ma toux étranglée semble l'amuser. Je m'apprête à ouvrir la bouche pour exprimer ma stupeur, mais la moue récalcitrante de son assistante m'en dissuade. Je me renfrogne, me réembourbe dans le velours du fauteuil et me ronge les ongles, pendant que le notaire entreprend de lister l'ensemble des possessions d'Anna. Liste que je n'écoute pas, tant ce que je viens d'entendre me suffoque.

Ma grand-tante ne s'est donc pas contentée d'avoir la tête de l'emploi. Elle était croque-mort, pour de vrai. Cela dépasse tout ce que j'ai pu imaginer à son sujet. À force de côtoyer des fantômes, elle a fini par en prendre l'allure. Logique. Mais moi, qu'est-ce que je viens faire dans cette galère ?

Alors que je peine à accrocher les wagons de cette histoire abracadabrante, la lecture se prolonge :

« Je désigne Me Rouche, notaire officiant dans la commune de Saint-Sauveur, comme seul apte à décider si les conditions de succession sont remplies. Aussi, un mois pile après lecture de cet acte, Me Rouche devra se rendre au siège de mon entreprise, situé au 3 chemin des Rameaux 89520 Sainte-Colombe-sur-Loing, dans le but d'une inspection qui confirmera ou infirmera le présent testament. Un autre testament est prévu dans le cas où les conditions ne seraient pas remplies. La lecture de ce dernier ne devra intervenir qu'en cas de nécessité. Dans le cas contraire, il sera détruit et considéré comme nul et non avenu.

« Fait à Saint-Sauveur-en-Puisaye, en présence de Me Rouche, le dix janvier deux mille dix-huit. »

Une pause. Le cliquetis de la grosse pendule à intervalles réguliers. Mes paupières qui tressautent. Mon estomac qui voudrait sortir de mon corps pour recouvrir ce testament de fou et le digérer, histoire qu'on n'en parle plus.

— Vous êtes toute blanche, tout va bien ? s'enquiert le notaire au bout d'un moment.

« Tout va bien »… C'est une blague ??? Bien sûr que ça ne va pas ! Pas du tout même ! Des tonnes d'héritages bizarres auraient pu me tomber dessus : une ferme tropicale où se vendraient des araignées et des serpents, un élevage de saumons en Norvège, une usine de cheveux, un atelier de sculpture sur Sopalin, une boutique spécialisée dans des équipements anti catastrophe atomique. Mais une agence funéraire, ça dépasse l'entendement.

Je parviens malgré tout à tousser un « oui » d'une voix que je reconnais à peine. Ça va aller. Respire respire respire.

— Vous souhaitez peut-être que je récapitule ?

Je déglutis en opinant. Ma salive a la texture d'une coulée de lave froide.

— Votre grand-tante possède une grande propriété ainsi qu'une entreprise de pompes funèbres. Tout cela vous revient à condition que vous apportiez la preuve que vous pouvez tenir la boutique, si je puis dire. C'est moi que votre grand-tante a chargé d'évaluer la santé de l'entreprise dans un délai d'un mois. Si vous parvenez à reprendre le flambeau, tout est à vous. Dans le cas contraire, conformément aux instructions formulées par Mme Ballein, le testament sera annulé et remplacé par un autre qu'elle a pris soin de me confier en même temps que celui-ci. C'est très simple au fond.

Je suis à la fois hébétée et consternée. Les informations s'affolent dans mon crâne, je suis traversée par un cyclone de pensées contradictoires. Je me vois vagabonder au milieu d'un cimetière en pleine nuit, sous les cris lugubres des corneilles, sinuant dans les allées bordées de cyprès démantibulés, entre les pierres tombales et les bouquets de fleurs fanées.

Des frissons dévalent le long de mon dos. La mort, tout ça, ce n'est pas mon univers. Encore aujourd'hui, j'ai peur des monstres cachés sous mon lit. Alors, les trépassés…

Me Rouche me fixe par-dessus ses petites lunettes rondes en guettant une réaction de ma part. Le silence s'éternise, fendillé par le cliquetis de l'énorme pendule qui me fait face.

— Pardon, mais est-il possible de refuser un héritage ?

À ma droite, la clerc de notaire ouvre des yeux ronds. Son patron, lui, m'examine un long moment d'un air pensif. Puis il retire ses lunettes et les replie en faisant claquer sa langue contre son palais.

— Il est dans votre droit le plus strict de refuser un héritage, articule-t-il, mais à votre place, je me garderais bien de toute décision hâtive. Allez d'abord sur place, renseignez-vous, prenez le temps de la réflexion. Et, si je puis me permettre, songez à votre grand-tante : choisir un seul légataire au sein d'une famille n'est jamais anodin.

Sur ce, il ouvre un tiroir sous son bureau et en sort un trousseau de clés qu'il pousse dans ma direction, avant de jeter un œil à la montre en cuir qui orne son poignet, comme si la pendule au-dessus de nous n'était pas assez imposante.

— Je passe devant pour rentrer chez moi, vous n'aurez qu'à suivre mon véhicule. Qu'en dites-vous ?

Quelques minutes plus tard, me voilà recroquevillée derrière le volant de ma toute petite voiture. Devant moi, zigzaguant à toute allure sur les petites routes de campagne sous un crachin brumeux, une gigantesque berline rutilante ouvre la voie.

## – 5 –

*— C'est moi ! annonce-t-il joyeusement en posant son parapluie près de la porte d'entrée.*

*Rien. Personne.*

*Il marche dans la maison où flotte une odeur de bois brûlé.*

*— Chérie ? Les garçons ? Où êtes-vous ?*

*Personne dans la cuisine.*

*Personne dans le séjour.*

*Ni dans la salle à manger.*

*Il monte à l'étage.*

*La chambre des garçons. Les lits sont faits, les draps rabattus sur les couvertures, les volets fermés. Vide.*

*Il se précipite dans la chambre à coucher. Le lit est taillé au cordeau, les taies d'oreiller repassées, le polochon lisse, la marque de leurs deux corps disparus. Là aussi, les volets sont clos.*

*Il dévale les marches quatre à quatre, son cœur soudain enserré dans un drôle d'étau. Refait le tour du propriétaire en appelant à tue-tête, puis de plus en plus faiblement.*

*De retour dans le salon où le feu de la cheminée crépite, il remarque sur la table basse un morceau de papier.*

« Nous partons, ne cherche pas à nous retrouver, refais ta vie, oublie-nous.

C'est mieux comme ça. »

*Le choc.*

*Il se laisse tomber dans son fauteuil. Ses doigts se referment sur la feuille de papier, la chiffonnent jusqu'à ce qu'il n'en reste pratiquement plus rien. Puis ses poings se serrent. La tête entre les mains, il sanglote dans le silence de sa grande maison.*

## – 6 –

Je stoppe ma caisse à savon riquiqui devant un énorme portail grand ouvert. Malgré l'obscurité, je distingue une immense étendue de gazon coupée en deux par une allée. Je dirais que la tondeuse n'a pas été passée depuis plusieurs semaines : des mauvaises herbes, hautes comme des épis de blé, s'entortillent un peu partout.

— Nous y sommes ! s'écrie le notaire en ouvrant les bras vers les contours d'une grande bâtisse.

Il applaudit. Je fronce les sourcils : il s'imagine au spectacle ou quoi ? Alors que je me demande qui de cette grand-tante spectrale ou de ce notaire loufoque est le plus cinoque des deux, deux rangées de lampes rondes bordant le chemin s'allument et éclairent la propriété.

Les bras m'en tombent : elle est gigantesque ! Avec sa tourelle, sa porte immense à deux battants, ses volets clos et son lierre décrépit, on dirait un manoir. Un manoir hanté.

— Bienvenue chez vous ! s'exclame l'homme, heureux de son effet, en m'invitant à le suivre.

Dire que je m'attendais à trouver un agent de l'État assermenté guindé et assommant… Au lieu de ça, je suis face à un hurluberlu qui arbore un petit air de conspirateur.

C'est une vaste blague, forcément. D'ici à quelques secondes, quelqu'un va surgir d'un des buissons en criant : « Caméra cachée ! Ha ha ha, cette histoire d'héritage, ils sont tout de même forts, les scénaristes, ha ha ha. »

Mais j'ai beau me tordre le cou à la manière d'un suricate, je ne vois rien, aucune lumière à infrarouge émanant d'une caméra qui filmerait nos faits et gestes pendant la nuit. Rien.

Rien qu'un notaire rudement content sur des graviers qui roulent sous ses semelles et une maison hyper anxiogène. À l'autre bout du chemin, ma toute petite voiture sans permis me supplie de faire demi-tour et de retourner fissa à ma petite vie pépère, ma narcolepsie, mon cours de gestion du stress, Marion et Monsieur Je-transpire-jusqu'à-la-raie-des-fesses.

— Bien, je vous laisse, annonce Me Rouche dès que nous atteignons la porte.

Je m'affole.

— Hein ? Mais non, je…

— Prenez vos quartiers tranquillement, coupe-t-il. Vous avez mon numéro en cas de besoin ?

Sans attendre ma réponse, il s'échappe. Je regarde benoîtement sa voiture s'éloigner dans la campagne sombre.

Me voilà seule.

Dans ma main, le trousseau de clés qui chantonne comme un oiseau de mauvais augure.

Face à moi, trois marches en pierre menant à la grande porte.

Je lève la tête, observe encore la maison, inspire pour me donner du courage, avant d'enfoncer la plus grosse des clés dans la serrure. Les lampes s'éteignent tout à coup. Je me retourne, j'ai peur, mon ventre se troue. Est-ce que ce sont des chouettes qui hululent au loin ? des feulements de chats qui se battent ? Pour juguler la panique, je chante la première musique qui me passe par la tête :

*« Viens à la maison, y a le printemps qui chante.*

*Viens à la maison tous les oiseaux t'attendent. »*

Bon. On a l'inspiration qu'on mérite.

Je voudrais tant entendre Marion, sa voix apaisante et ses mots qui calment.

Tout en beuglant à tue-tête, je bats des mains comme une forcenée. Quand les lumières se rallument enfin, je tourne la clé dans la serrure. Un, deux, trois cliquetis. La porte s'ouvre. L'odeur de naphtaline et de renfermé me saisit. Je cherche un interrupteur en effleurant les murs à tâtons. Le trouve.

Lumière.

# – 7 –

Je suis dans une vaste entrée. Autour de moi, il y a une desserte où sont posés de petits objets de décoration, et un placard entrouvert d'où dépassent quelques manteaux. Un banc en bois précieux. Un chausse-pied, posé sur le rebord.

J'avance d'un mètre sans quitter le vestibule et hasarde un œil dans l'encadrement des portes. À gauche, une gigantesque cuisine. Je crois discerner au bout d'autres pièces en enfilade. À droite, un immense salon avec une cheminée colossale dans laquelle crépite un feu.

Je frémis. Personne d'autre n'est censé être là. Qui a bien pu l'allumer ? Ce doit encore être un coup de ce notaire louche.

— Il y a quelqu'un ? demandé-je quand même d'une voix étranglée par la frousse.

Seul le craquement du parquet sous mes baskets me répond. Alors, pour tromper la panique et le silence angoissant, je me remets à chanter.

*« Viens à la maison, y a le printemps qui chante.*
*Viens à la maison tous les oiseaux t'attendent.*
*Les pommiers sont en fleurs.*
*Ils berceront ton cœur.*
*Toi qui es tout en pleurs.*
*Ne reste pas dans la ville. »*

Alors que je m'apprête à monter à l'étage, je suis irrésistiblement attirée par un autre escalier qui semble descendre dans les entrailles de la maison.

L'étage attendra. Direction le sous-sol.

Arrivée au milieu des marches, je m'accorde une pause pour jeter un œil méfiant sur ce qui m'attend.

Si le rez-de-chaussée m'en avait mis plein la vue, le sous-sol le surpasse.

C'est une vaste salle tout en pierre. Des bonzaïs sont disposés un peu partout et des petits ponts parsèment un chemin tortueux matérialisé par des galets disposés à la queue leu leu. Au fond, j'aperçois une colonne de gros cailloux terminée par un petit bassin asséché. L'ensemble m'évoque un jardin japonais.

Piquée de curiosité, je descends les dernières marches.

Une petite table ronde en laqué blanc assortie de trois fauteuils en cuir immaculé trône dans un coin de la pièce. Derrière, une sorte de commode, blanche aussi, fermée.

Je recule et manque de trébucher en enfonçant un bouton posé sur le sol, que je n'avais pas vu. Brusquement, tout s'anime : des lumières s'agitent comme des lucioles dans les bonzaïs, de l'eau commence à zigzaguer sur les pierres et à remplir le bassin, des oiseaux piaillent à travers des enceintes dissimulées dans les petits arbres. La surprise me fige. Qu'est-ce que c'est que cet endroit ?

Tout à coup, un détail auquel je n'avais pas prêté attention sur le moment s'invite dans ma mémoire : lors de la lecture du testament, l'adresse du siège de la société d'Anna et celle de la maison étaient identiques. Est-ce que ça signifie qu'elle officiait dans le sous-sol de sa propre maison ?

J'avais plutôt en tête un endroit terne, lugubre, des plaques funéraires en guise de décoration, des fleurs en tissus dans la vitrine et des affiches où une femme dans la cinquantaine, les yeux dans le vague près d'un enfant, vous invite à protéger vos proches en souscrivant une convention obsèques.

Une entreprise de pompes funèbres ne peut pas ressembler à ce que j'ai devant les yeux. Il doit y avoir une dépendance au fond du jardin, avec des cercueils exposés, des catalogues, une chambre funéraire. Mais ça, c'est...

Émerveillée par ce décor extraordinaire, je déambule lentement dans les allées de ce drôle d'endroit qui respire le calme et l'apaisement. Bizarrement, je me sens bien. C'est nettement plus efficace qu'un cours de gestion du stress.

Mes pas précautionneux me conduisent jusqu'à deux portes. Derrière la première, je découvre une pièce dans laquelle sont exposés des objets hétéroclites : costumes à paillettes, souliers démesurés, lunettes d'aviateur, casques de militaire, de pompier, de moto, des uniformes qui rappellent ceux utilisés dans les shows de striptease, des perruques, des morceaux de décors en carton-pâte, des antiquités, des disques, un piano, une guitare, un accordéon. On dirait un cabinet de curiosités qu'un collectionneur fêlé aurait mis en scène. Ou l'antichambre d'un cabaret olé olé. À cette idée, je ne peux réprimer un sourire : comment imaginer la grand-tante coincée de la photo, à la tête d'une boîte à strip ?

Je suis perturbée, je ne sais plus quoi penser. Ici, rien n'évoque la mort. J'ai l'impression qu'il s'agit seulement de la dinguerie d'une pauvre femme seule.

Derrière la seconde porte, l'atmosphère se transforme : lumière douce, tréteaux, cercueil clair, cinq chaises blanches, d'autres pliées contre le mur. Au fond, dissimulé derrière un paravent, une petite porte qui s'ouvre sur une sorte de laboratoire carrelé de blanc. Du maquillage. Une table au milieu, surmontée d'un matelas. Des draps. Des oreillers. Des tableaux.

Je suis sciée. Plus aucun doute possible, tante Anna accueillait bel et bien des morts ici. Sous son toit. Presque sous son lit.

Je songe à tous ces défunts, au fait que je suis seule dans cette grande maison. L'angoisse m'étreint plus fort.

J'ai peur peur peur. *Respire respire respire.*

Un bruit. C'est quoi ? Un jappement ?

Qu'est-ce que je fiche là ?

*Respire respire respire.*

Voilà que ça me reprend.

*Respire.*

Je ne parviens plus à ventiler. Obscurité. Fermeture des écoutilles.

Narcolepsie/Cataplexie : 2 – Emma : 0.

# – 8 –

— Mademoiselle ? Ho ho, mademoiselle !

Une voix inquiète me parvient de très loin quand j'émerge. Une chose humide et molle est collée à ma joue.

— Mademoiselle ? Tout va bien ? Vous êtes avec moi ?

La chose humide et molle s'insinue dans mes narines. J'ouvre un œil. Puis deux. Je vois une grosse truffe noire. Un chien, un tout petit chien, en train de me lécher. Est-ce que je rêve ? Est-ce que je suis chez mes parents, est-ce que j'ai 16 ans, est-ce que Lulu vient me réveiller comme tous les matins ? L'espace d'une seconde, le souvenir de mon yorkshire me ramène au passé.

— Dieu soit loué, vous êtes revenue à vous ! Ça va ? Comment vous sentez-vous ? Pssst, arrête un peu, veux-tu.

Je cligne des paupières. La mise au point est compliquée, l'arrière de mon crâne est en feu.

Une femme est penchée au-dessus de moi. Elle est blême. Derrière des lunettes à monture dorée, ses yeux couleur d'eau roulent de droite à gauche. Tout en réprimant une grimace de douleur, je bredouille :

— Ça… ça va…

— Rien de cassé ? Pssst, assis !

Je secoue la tête. Aïe, mauvaise idée.

— Une bosse, peut-être.

— Faites voir.

La femme m'offre ses bras pour que je me redresse.

C'est une petite femme replète d'une bonne soixantaine d'années, vêtue d'une ample jupe longue bleu marine et d'un chemisier crème que ferme un camée au niveau du col. Assis près de ses mollets, le yorkshire nous regarde avec intérêt, la langue rose légèrement pendante. On dirait qu'il sourit. À l'issue d'un court examen, sa maîtresse déclare :

— Glaçons, y a rien d'autre à faire. Pssst, viens avec moi.

Elle se lève et s'éloigne, talonnée par l'animal. Avant de revenir, dix secondes plus tard, sans l'ombre d'un glaçon. Le regard un peu hagard. Quand elle me voit, elle sursaute :

— Oh, vous m'avez fait peur ! Bonjour ! Vous êtes là depuis longtemps ?

Comment ça ? Qu'est-ce qu'elle veut dire ? Son petit chien s'approche de moi, la queue frétillante. Il renifle ma main. Je lui caresse le dos.

— Que faites-vous par terre, mademoiselle, tout va bien ? poursuit la femme. Je vois que vous vous tenez la nuque, vous avez mal à la tête ?

— Je crois que j'ai une bosse, rétorqué-je, incrédule.

— Glaçons OB-LI-GA-TOI-RE ! décrète-t-elle pour la seconde fois. Pssst, laisse la dame tranquille, viens avec moi.

La femme repart ; et moi, je me noie dans ma perplexité. Son absence me paraît durer une éternité. Pour tuer le temps, j'examine la pièce. La table, les palettes de maquillage, les brosses. Quand, tout à coup :

— Oh, vous m'avez fait peur ! Bonjour ! Vous êtes là depuis longtemps ?

Cette fois, c'est carrément flippant. Il va falloir que je me résigne pour les glaçons. Tandis que j'entreprends de me mettre sur mes pieds histoire de me sauver loin de cette maison de fous, la femme accourt :

— Attendez, je vais vous aider.

Et, s'adressant au petit chien :

— Pssst, allez oust, laisse la demoiselle tranquille. Je suis désolée, reprend-elle, il est du genre très sociable, j'espère que vous n'êtes pas allergique aux chiens.

— J'avais le même avant, grommelé-je en m'appuyant sur la main qu'elle me tend.

— Ah oui ? Ce sont de fidèles compagnons. Et toujours de bonne humeur…

Je sais de quoi elle parle. Je n'ai jamais réussi à me remettre de la perte de Lulu.

— Vous devez être Emma, je présume.

Je hoche le menton avec précaution pour ne pas réveiller la douleur de ma bosse.

— À la bonne heure ! s'enthousiasme-t-elle en m'embrassant aussitôt sur les deux joues.

Elle sent le talc et la pivoine.

— Je suis tellement heureuse de vous rencontrer ! Je suis Liliane, je travaille avec Anna depuis de nombreuses années. Enfin, je travaillais. Depuis qu'elle est partie, je…

Les larmes affluent au coin de ses yeux. Mais elle se reprend et secoue les mains pour éloigner le chagrin comme elle le ferait avec un insecte.

— Enfin bref, je vous attendais, je suis si contente de vous voir. Je commençais à penser que vous ne viendriez jamais. Je me disais que ce n'était pas une situation très enviable pour une jeune femme comme vous, habituée à la ville. Aller s'enterrer à votre âge à Sainte-Colombe…

Elle glousse.

— Pardonnez ce jeu de mots, fait-elle en s'efforçant de recouvrer son sérieux. Il n'est pas finaud, mais il a eu le mérite de vous faire sourire.

Je l'avoue, j'ai trouvé ça drôle.

— Je suis navrée d'être arrivée en retard. Me Rouche m'a appelée tout à l'heure pour me prévenir de votre arrivée. J'ai sorti Pssst un instant et je n'ai pas vu les heures passer. Mais vous voilà, c'est formidable, je suis ravie, il y a tant à faire !

— Justement, je…

Elle me coupe :

— Mais c'est mieux comme ça finalement. Au moins, je ne vous ai pas enquiquinée avec mes commentaires pendant que vous découvriez votre nouvel environnement.

— Mon nouvel environnement ? répété-je. Je crains qu'il y ait une méprise.

— Une méprise ? Vous êtes bien Emma, la petite fille de la sœur d'Anna ?

— Oui, mais…

— Eh bien non, pas de méprise ! C'est à vous qu'elle a légué tout ça ! s'écrie-t-elle en tendant les bras pour désigner la table, le maquillage, les instruments de torture, le carrelage, les chaises pliantes, le jardin japonais, les fauteuils en cuir blanc. Cette affaire est la vôtre désormais !

Le chien jappe à côté de moi, comme si lui aussi essayait de m'expliquer, à sa manière, que je suis chez moi.

Chez moi. Une société de pompes funèbres. Il n'en est pas question.

— Écoutez, les morts, ce n'est vraiment pas mon truc, dis-je en fermant mon manteau et en me dirigeant vers les escaliers, Anna a dû se tromper. Je n'ai pas l'intention de reprendre cette entreprise.

Le chien hoche la tête de côté, un petit air triste au bout de la truffe. Quant à Liliane, je vois bien que ma réaction la désarçonne. Je ne veux pas leur causer de la peine, mais je ne me vois pas rester une minute de plus dans cet endroit.

La petite femme et son chien m'emboîtent le pas tandis que je grimpe les marches rapidement et traverse le hall d'entrée en sens inverse. Elle m'implore de l'écouter, mais je feins de ne pas l'entendre. La situation est suffisamment pénible pour nous deux ; je ne la laisserai pas s'empêtrer dans des explications qui ne parviendront jamais à me faire changer d'avis. Au moment de passer la porte, je me tourne vers elle. Son chien est lové dans ses bras, le museau dissimulé dans son chemisier. Je tente de la rassurer :

— Je vous promets d'appeler Me Rouche dès demain et de faire en sorte que cette affaire soit réglée au plus vite.

J'ai un pied sur le seuil quand Liliane, étranglée d'émotion, bredouille dans mon dos :

— Est-ce que vous savez au moins en quoi consiste le métier d'Anna ?

Je m'arrête sans me retourner. Elle poursuit :

— Vous n'êtes pas dans une entreprise de pompes funèbres classique ici. Anna ne se contentait pas de conseiller des cercueils ou de commander des pierres tombales. Votre grand-tante était une fée.

Je perçois des sanglots dans sa voix. J'ai de la peine pour elle, mais l'aider n'est pas dans mes cordes. Je reprends ma progression, je suis à présent dans l'allée, les graviers craquent sous mes chaussures.

— Emma, s'il vous plaît, attendez, j'ai tant à vous dire.

J'accélère en tapant des mains pour que le chemin s'éclaire. Je veux rentrer chez moi, à Paris. Si je me dépêche, je pourrai arriver avant minuit.

— Emma…

La voix s'estompe, Liliane et son chien ont cessé de me suivre.

Me voilà dans la petite voiture qui sent le détergent et le plastique. Je démarre. Entame une marche arrière. Jette un œil dans le rétroviseur.

Liliane. Sa mine chiffon, ses yeux que je devine rougis par la déception. Le petit chien contre sa poitrine.

Les lampes s'éteignent. Liliane, le yorkshire et leur désarroi disparaissent dans la nuit. Et moi, je prends la direction de Paris.

Une boule de culpabilité plombe mon estomac. Je ne suis pas fière d'avoir simulé une indifférence parfaite à la peine de cette vieille dame si sympathique ; mais je ne peux pas, je suis désolée.

Je tiens le volant de la voiture qui avale les mètres dans la nuit. Je roule tout en songeant au moment où je raconterai cette mésaventure à Marion. Elle seule sait comment dédramatiser les situations. J'entends d'ici son rire quand elle saura en quoi consiste l'héritage. Je risque d'en entendre parler pendant des siècles.

Soudain, sur le côté de la chaussée deux petits points lumineux. Je pile au moment où l'animal traverse la voie. Mais j'ai une seconde de retard.

Coup de volant.

Ma caisse à savon fait une embardée pour éviter la biche. Je ne contrôle plus rien. Pousse un cri de frayeur et de stupeur mêlées quand j'atterris dans le fossé. Puis c'est le silence, l'obscurité trouée par le faisceau de mes phares jaune citron.

La biche a disparu. Les jambes flageolantes, je sors du véhicule. Je ne suis pas blessée. Mais la voiture ne pourra pas repartir dans cet état. Je récupère mon téléphone afin d'appeler un dépanneur à la rescousse.

Pas de réseau.

Je hisse un bras au-dessus de ma tête et me mets sur la pointe des pieds pour tenter d'attraper les ondes d'une antenne à proximité. En vain. J'ai si froid que je saute sur place en soufflant sur mes doigts frigorifiés.

À court d'idées, je retourne dans la voiture et essaie de mettre le contact pour, au moins, profiter du chauffage. Ça mouline, ça crachote et puis ça s'arrête. Le moteur ne veut rien savoir.

Je pose ma tête contre le volant. Le bilan est désastreux : je suis perdue en rase campagne et il fait un froid de canard. Je pourrais me faire assassiner, couper en rondelles et dévorer avec des pommes de terre sarladaises, personne n'en saurait jamais rien.

J'ai envie de pleurer.

# – 9 –

*C'est une nuit claire où le printemps hésite encore à pousser l'hiver. L'homme s'attarde un instant devant sa porte, contemple le paysage. De loin en loin, des rubans de route serpentent à travers les champs vallonnés. Le sol scintille de givre sous la lune.*

*Il discerne au loin le gargouillis d'une rivière tout juste libérée du gel et le sifflement d'une buse qui s'apprête à plonger sur un mulot.*

*La soirée au bar s'est bien passée. Les gens l'ont écouté jouer pendant plus de trois heures.*

*Il aurait pu opter pour la guitare, le banjo ou la mandoline, il aurait pu préférer l'accordéon, vu qu'il sait jouer de presque tout et que le patron lui laisse le champ libre du moment qu'il assure le spectacle que les gens réclament. Et ils viennent de loin, les gens, pour y assister.*

*Mais ce soir, il a choisi le piano. Il n'avait envie de rien d'autre. Alors il a joué, les yeux fermés, le cœur voltigeant au rythme de la musique.*

*Le piano, c'est l'instrument qu'elle préfère.*

*Quand il l'a refermé et qu'il est descendu de l'estrade, il a balayé la salle du regard, un peu clairsemée du fait de l'heure tardive. Quelques minutes plus tard, le patron a beuglé un tonitruant « On ferme » qui a achevé de vider le bar. Comme tous les soirs, quelques récalcitrants ont insisté pour prendre un dernier verre. Il a fallu les jeter dehors manu militari, parce que leur ivresse les rendait hargneux et les empêchait de mettre un pied devant l'autre.*

*La porte de sa maison grince. Il songe qu'il faudrait huiler les gonds. Il referme rapidement derrière lui pour éviter que le froid ne s'engouffre à l'intérieur. Il retire ses chaussures, enfile ses chaussons, souffle sur les braises dans la cheminée pour que le feu reparte avant de fermer les volets les uns après les autres.*

*Mis à part les flammes qui gigotent dans l'âtre, l'obscurité est complète. Il s'en approche, tend ses mains vers le foyer. Ragaillardi par la chaleur, il allume la radio pour ne pas entendre le silence assourdissant qui s'est emparé de la grande maison depuis qu'il est seul. Il s'assied sur le fauteuil en cuir, ferme les yeux et se laisse bercer par les crachotements. Il s'interdit de penser à la chambre du fond où aucun de ses fils ne dort, tout comme il s'interdit de penser au lit que son épouse ne rejoindra pas.*

*Il a trop mal. Puisque la vie est une souffrance, il va y mettre un terme.*

*Tout comme son père et son grand-père avant lui. Chacun pour des raisons différentes, mais tous à peu près au même âge. Il était pourtant persuadé qu'il échapperait à la malédiction familiale. Il était si heureux avec son épouse et ses fils, pourquoi aurait-il voulu quitter cette vie de félicité ? Il était convaincu que rien ne viendrait jamais entacher cet équilibre. Une conviction ancrée au plus profond de son être.*

*Jusqu'à cette lettre cruelle où elle l'a enjoint à se fabriquer un nouvel univers. Sans elle. Sans eux.*

*Sa vie est en miettes, à l'image de sa famille. Sa décision est prise : d'ici peu, il fera en sorte que tout s'arrête. Une semaine, un mois, il ne sait pas combien de temps il tiendra. Mais il sait qu'il trouvera la force. Que mourir sera commandé par son instinct de survie. Même si c'est drôlement ironique.*

*Son père, son grand-père. Tous deux se sont suicidés dans la trentaine.*

*À croire que, chez les Lemaire, on reçoit le drame en héritage.*

# – 10 –

Éclairée par la lampe-torche de mon Smartphone, je marche au pas de course sur le bord de la route, trébuche régulièrement sur des trous ou des touffes d'herbe. Je ralentis sur une dizaine de mètres, avant d'accélérer de nouveau, poussée par la peur. Je ne cesse de penser aux excuses que je vais servir à Liliane.

Enfin, ça y est, j'aperçois la silhouette de la grande bâtisse et sa tourelle qui se détache dans la nuit. Par chance, les grilles en fer forgé sont encore ouvertes.

Aucune lumière n'émane des fenêtres aux volets clos. J'hésite à pénétrer dans la propriété. Et si Liliane n'était pas là ? Elle habite peut-être ailleurs, quelque part aux alentours.

Après tout, j'ai les clés, il me suffit d'entrer dans le manoir et d'y patienter jusqu'à demain matin. Forte de cette résolution, je me décide à poser le pied sur les graviers de l'allée qui s'éclaire lorsque j'applaudis.

Je me hisse sur le seuil. La culpabilité au creux du ventre, je toque à la porte, par acquit de conscience. Personne. Ce qui m'arrange, je dois l'avouer.

Alors que je m'apprête à enfoncer la clé dans la serrure, je distingue des aboiements aigus. L'un des battants s'ouvre alors timidement sur la petite femme, tenant son yorkshire sous un châle pâle. Liliane.

Elle m'observe. Puis elle jette un œil méfiant par-dessus mon épaule. Son regard n'évoque ni l'étonnement, ni la colère, ni la satisfaction de me revoir. Rien qu'un indicible chagrin.

— Oui ?

J'ai la sensation qu'elle ne me reconnaît pas.

— Je suis Emma, fais-je sur le ton de quelqu'un qui prononce une évidence.

Le temps s'étire. Elle semble chercher ce que ce prénom lui évoque. Quand, tout à coup :

— Vous êtes la petite-nièce d'Anna !

J'opine du chef. Mon scepticisme est à la hauteur de la joie qui transparaît maintenant sur son visage.

— Entrez vite vous réchauffer. Quelle surprise, j'étais sur le point de rentrer chez moi, je ne vous attendais plus ! Pour être honnête, je pensais même que vous ne viendriez jamais ! Je me disais, quel genre de fille de la ville aurait envie de s'enterrer là ? Allez venez, j'ai préparé un feu.

Je la suis, envahie de sentiments contradictoires. Je suis à la fois éberluée par cette femme qui m'oublie aussitôt qu'elle ne m'a plus dans son champ de vision, et étonnamment tranquillisée maintenant que je suis à l'intérieur de la maison avec elle. J'en oublierais presque que, juste en dessous, c'est le bal des morts-vivants en mode tatami et *fashion victime*.

Et puis, je suis rassurée que Liliane ne me tienne pas rigueur de mon impolitesse de tout à l'heure, bien que je ne doive ma réhabilitation qu'au fait qu'elle souffre manifestement d'un problème de mémoire.

Elle me propose un bol de soupe que j'accepte volontiers. Pour ne pas risquer que ma présence lui échappe, je l'escorte dans la cuisine où flotte à présent une bonne odeur de poireaux et de pommes de terre. Le petit chien trottine à mes pieds.

— Pardonnez ce petit trésor, lance-t-elle en se penchant pour l'attraper. Pssst est du genre affectueux. Il ne voit plus grand-chose et il est à moitié sourd, mais il aime la compagnie. C'est son plus gros défaut.

Pssst. C'est comme ça qu'elle le nomme à chaque fois. Drôle de nom pour un chien.

— Pardon, mais comment s'appelle-t-il exactement ?

Elle souffle en prenant un air navré :

— Je ne sais plus, je n'arrive jamais à m'en souvenir. Alors depuis le départ d'Anna, je l'appelle Pssst. Je crois qu'il s'en accommode. D'après mon médecin, j'ai un petit problème de mémoire à court terme.

Petit, petit, voilà un bel euphémisme.

Le potage est succulent. Face à moi, Liliane me regarde manger avec bienveillance, pendant que Pssst gratte ma cuisse droite en glapissant.

— Pssst, laisse cette jeune femme manger !

— Ce n'est rien, il est adorable.

Adorable. Et il ressemble tant à Lulu. Sa perte a creusé un vide abyssal. Le traumatisme a été si grand. Après lui, je n'ai jamais pu me résoudre à adopter un autre chien. La disparition d'un animal peut s'avérer aussi douloureuse que celle d'un être cher. Lulu était mon ami.

— Je vais vous faire visiter, déclare gaiement Liliane dès que mon bol est vide. Venez, vous allez aimer.

Je me garde bien de répondre que ça m'étonnerait : elle est si enjouée que je n'ai pas le cœur de la contredire. Pssst est à l'avant de notre petit cortège, talonné par une Liliane toute guillerette. Dès que nous parvenons au sous-sol, j'assiste pour la seconde fois au spectacle sons et lumière du jardin japonais.

— Alors ? me lance la vieille sur un ton empreint de fierté qui m'émeut.

Je veux bien admettre que c'est très joli et que c'est un concept surprenant qui fait son petit effet. Mais cette idée de mort rôdant dans chacun de ces bonzaïs me met fichtrement mal à l'aise.

— Votre grand-tante était quelqu'un de très spécial, prononce soudain Liliane sans quitter des yeux la chute d'eau sur les pierres factices.

Je soupire.

— Il paraît, oui…

— Elle voulait rendre les gens heureux, elle n'avait que ça en tête.

Et donc, elle a fondé une entreprise de pompes funèbres. Un jour, elle s'est dit : et si, pour qu'ils soient contents, je les enterrais ! Rien de plus logique… Je tais mes sarcasmes. Elle continue :

— Il est aisé de rendre les gens heureux pour un mariage ou un baptême. Mais faire sourire pendant un enterrement requiert un vrai talent. Et une abnégation formidable. Anna n'en manquait pas.

Ses yeux se remplissent de larmes quand elle convoque le souvenir de ma grand-tante. Je devine qu'une amitié sincère les liait toutes les deux.

— Anna s'était mis en tête d'offrir aux gens l'enterrement de leur rêve, précise-t-elle après avoir toussé. Un enterrement parfait où on célébrerait la vie du défunt et sa renaissance quelque part ailleurs. Pour Anna, un enterrement était un pot de départ.

Je commence à cerner la raison d'être de cette salle, des décors et des costumes.

— Cette entreprise représentait toute sa vie, fait-elle en plantant cette fois ses yeux rivière dans les miens. C'est un gage de confiance magnifique qu'elle vous offre en vous la confiant. Elle vous aimait infiniment.

Anna ? M'aimer ? N'importe quoi, on ne se connaissait même pas. Je pencherais plutôt pour une erreur de prénom au moment de la rédaction du testament. Ou alors, à une résignation de dernière minute. Moi, à défaut de quelqu'un d'autre.

Mais Liliane répète, comme si elle lisait dans mes pensées :

— In-fi-ni-ment.

Avant de changer de sujet en un claquement de doigts :

— Il est tard et vous avez fait un long voyage. Nous en reparlerons demain à tête reposée. Venez, je vais vous montrer votre chambre.

Tandis que je déambule avec elle dans la maison, je ne peux m'empêcher de me demander si son problème de mémoire n'est pas une ruse pour m'attendrir. Ou pour m'avoir à l'usure.

Et je revois ses yeux tristes quand elle a parlé de la personnalité d'Anna. Son petit sourire de bonheur devant l'illumination de la grande salle en pierre. Son regard vide quand elle est partie chercher les glaçons et qu'elle est revenue sans, deux fois de suite. Tout cela ne peut pas être un mensonge.

Admettons. Mais moi, je n'ai rien à faire dans cette histoire. C'est grotesque, on ne confie pas une entreprise de pompes funèbres à quelqu'un qui a déjà du mal à s'occuper d'elle-même. Demain, Me Rouche m'appellera, ou sa clerc de notaire peu aimable ; ils me diront, pardon, c'est idiot, il y a erreur, on va récupérer les clés, désolés pour le dérangement.

Mes pensées s'embrouillent, je doute de pouvoir trouver le sommeil ce soir.

— Allez, Pssst, laisse Emma dormir, lance Liliane en me bordant comme une enfant.

Mais Pssst refuse de descendre du lit et s'installe contre moi.

— Ça vous embête si… demande-t-elle, gênée.

— Pas de problème…

Je ne suis pas contre la compagnie d'un petit chien ce soir. Et puis, il paraît que les animaux sentent la présence des esprits…

Liliane ferme la porte de la chambre. Ses pas légers effleurent les escaliers. Je n'entends pas la porte d'entrée claquer, on dirait qu'elle s'est volatilisée dans le silence.

Je me relève et m'approche du volet où une petite fente laisse passer la lumière prodiguée par la lune. Je distingue Liliane battant des mains dans le jardin qui s'éclaire sur son passage avant qu'elle ne s'éclipse dans la nuit. À présent, mon regard se cramponne à cette allée vide illuminée par quelques boules alignées sur le sol, aux graviers si blancs sous l'action conjuguée de la lune et de la lumière artificielle. Après un instant, les boules s'éteignent.

Voilà, je suis seule. Seule avec mes angoisses et un vieux yorkshire qui ronfle.

# – 11 –

Chaque minute de cette affreuse nuit est ponctuée de craquements, de geignements, de bruits assortis au tic-tac éreintant du réveil posé sur la table de chevet. Je n'ai pas une seconde de répit : placée en alerte continue, je tressaille un million de fois, flanque ma tête sous l'oreiller, allume, éteins, allume de nouveau, éteins encore en me traitant d'idiote et de poule mouillée, évitant de lorgner du côté de la porte, me retenant même d'aller aux toilettes. J'ai beau me répéter qu'il ne s'agit que des plaintes d'une tuyauterie contrariée ou d'un parquet malmené par le chauffage, la peur me cloue à mon lit. Je ne crois pas aux revenants, mais cette demeure ne m'inspire aucune confiance avec son funérarium en guise de sous-sol.

Du côté de Pssst, rien à signaler. C'est désespérant. Moi qui espérais un chien de garde, j'en suis quitte pour un toutou qui dort à poings fermés et ne moufte pas. Les murmures de la maison lui passent complètement au-dessus du museau.

Quand ce ne sont pas les gémissements du manoir qui me saisissent d'effroi, ce sont les paroles de Liliane qui me hantent. Des paroles où il est question du rêve d'Anna, du bonheur qu'elle voulait prodiguer aux autres. Je ne sais pas quoi en conclure. Et plus j'y pense, plus je m'y perds. La Anna de la photo que j'avais aperçue enfant détonne tant avec le portrait que Liliane m'en a dressé tout à l'heure. Avec son regard noir et hautain, sa posture sévère, son chignon strict, croque-mort, c'était carrément plausible. Déesse de l'allégresse, en revanche, ça me paraît hautement improbable.

Bref, c'est une nuit interminable que je ne suis pas fâchée de voir s'achever. Une lumière blanche filtre maintenant à travers les persiennes démantibulées et zèbre le mur face à la fenêtre. L'aube me trouve plus fatiguée encore que la veille : mon corps est tout endolori d'avoir lutté contre des monstres imaginaires pendant des heures. Quant à ma tête, elle est lourde de toutes les réflexions contradictoires qui n'ont pas cessé de l'agiter. L'adage veut que la nuit porte conseil. Eh bien, je peux témoigner qu'il n'y a rien de plus faux : ce matin, je n'y vois pas plus clair. Et je n'ai qu'une seule envie : me sauver, regagner Paris et ne conserver de cet interlude à la campagne que l'image cocasse d'un périple foireux.

Percevant mes mouvements, Pssst s'allonge dans le creux de mon cou.

Lulu aussi dormait avec moi ; tout comme Pssst l'a fait cette nuit, Lulu se lovait sous la couette, entre ma poitrine et mon ventre. Bercée par ses ronflements réguliers, je calais alors instinctivement mon souffle sur le sien et laissait mes rêves voguer au rythme de ses expirations.

J'avais toujours voulu un chien, mais mes parents s'y étaient farouchement opposés pendant toute mon enfance. Aussi avais-je déjà 16 ans quand Lulu est arrivé dans ma vie. Un de mes amis est venu un matin sonner à la porte de chez moi avec une boîte en carton.

— Il a deux mois, il est sevré. Tiens, cadeau.

Surprise, je n'ai pas su quoi répondre : j'ai posé la boîte par terre et nous avons observé quelques secondes la petite boule de poils confinée au fond du carton, tremblotant sur une couverture moutarde.

— C'est ma chienne, elle a eu des petits. Celui-là, c'est le plus câlin.

Au bout d'un moment, le chiot a sorti sa truffe et a baladé son étonnement de mon ami à moi, avant de bâiller et de s'étirer mollement.

— Mes parents vont être fous de rage quand ils le verront, ai-je argué, tout en enfouissant mon nez dans son pelage à l'odeur de potage.

Mon ami a haussé les épaules.

— Ça leur passera, ils ne pourront pas lui résister, c'est toujours comme ça.

Il n'était pas nécessaire de déployer un argumentaire béton pour me convaincre : les yeux sombres, le museau craquant, la touffe de poils blancs disséminés sur le haut du crâne et la langue rose qui me léchait le lobe de l'oreille m'avaient déjà persuadée que ce petit chien et moi étions au seuil d'une belle histoire.

Comme l'avait prédit mon ami, j'ai dans un premier temps essuyé un refus catégorique de la part de mes parents. Puis ils se sont résignés, sans doute vaincus par ma force de persuasion, que l'amour que je ressentais pour ce chiot décuplait. J'ai obtenu l'autorisation de le garder sous réserve d'en être l'unique responsable. Il me revenait donc de le nourrir, de le sortir, de l'emmener chez le vétérinaire, bref de m'en occuper. J'étais folle de joie.

Peu à peu, Lulu et moi avons pris nos habitudes : il dormait avec moi et me réveillait doucement aux aurores en me chatouillant. Quand je partais au lycée, il se tapissait sous le canapé pour bouder et tournait ostensiblement la tête, refusant de m'adresser le moindre regard. Le soir, tout était oublié : il m'attendait. Lulu et moi, nous étions inséparables.

Jusqu'à ce que je passe mon bac et qu'une université australienne me tende les bras.

« C'est une chance », a décrété mon père en se plongeant illico dans l'atlas pour me vanter tous les mérites d'un voyage d'études en Australie.

« Voyons, a déploré ma mère, tu ne vas pas renoncer à tes études pour un chien. »

« Il va falloir t'endurcir ma petite-fille, s'est agacée ma grand-mère en fronçant les sourcils. Il ne va pas s'envoler, il sera là quand tu reviendras. »

Quant à mon grand-père, fidèle à son habitude, il n'a rien dit. Il m'a seulement lancé un clin d'œil en m'offrant son mouchoir en coton pour m'essuyer les yeux.

Alors je suis partie. À grand renfort de « Grandis un peu ! », de « Les voyages forment la jeunesse » et autres « Ce n'est pas au chien de décider. »

Quand j'ai passé la porte, Lulu s'est glissé sous le sofa. Puis, à l'instant où je lui ai envoyé un baiser, sa truffe et ses billes noires ont reparu à moitié. Comme s'il savait.

Deux longues années.

Au retour, il n'y avait plus de Lulu.

— Il est mort, a annoncé ma mère sans ambages alors que je le cherchais partout dans la maison. Il s'est fait renverser par une voiture trois semaines après ton départ.

— Et tu ne m'as pas prévenue ? ai-je beuglé, anéantie.

— Je ne voulais pas t'inquiéter. Tu étais loin, ça aurait servi à quoi, à part à te déconcentrer ? Franchement, ce n'est qu'un chien, qu'est-ce qui te prend de te mettre dans un état pareil ?

De ce qui s'est passé ensuite cet après-midi-là, je ne garde qu'un seul souvenir, celui d'être tombée dans les pommes. Ma mère a mis ça sur le compte du décalage horaire. Moi, je savais que le *jetlag* n'y était pour rien.

Chacun ses traumatismes. Le mien pèse trois kilos cinq cents.

Depuis, je suis narcoleptique. En d'autres termes, je somnole une bonne partie de la journée et, en cas d'émotions intenses, je m'endors d'un coup. Mes crises d'endormissement sont souvent précédées de cataplexie, c'est-à-dire d'une brutale faiblesse des muscles. Le bonheur total, quoi.

À présent, Pssst est totalement réveillé.

— Tu veux sortir, c'est ça ?

Il émet un aboiement bref en guise de réponse.

Je saisis mon téléphone inutile, descends du lit en emportant la couverture avec moi et entreprends de pousser les volets. Coincés, ils ne bougent pas d'un iota. Je me résous alors à allumer la petite lampe de chevet désuète qui trône sur la table de nuit. Une lampe poussiéreuse composée d'un pied épais et d'un abat-jour en forme de coquillage, d'où pendent des breloques en verre émettant un petit *geling geling* sinistre à mon contact.

Talonnée par Pssst, je traverse la maison déserte en allumant toutes les lumières que je trouve sur mon passage jusqu'à parvenir, enfin, dans le hall d'entrée.

— C'est bon, on y est ! fais-je sur un ton victorieux.

Dès que j'ouvre la porte, le froid me harponne. Dehors, l'herbe ploie sous le givre de la rosée. Çà et là, des arbres aux boutons pétrifiés. De gigantesques thuyas. Un charme au tronc démesuré. Trois saules pleureurs, au fond, qui se soutiennent les uns les autres. Des chants d'oiseaux. Un ruisseau qui bourdonne. Un ciel azur.

Je resserre la couverture autour de mes épaules, vaguement émue. C'est un beau jardin. Un sacré beau jardin. Sans commune mesure avec l'espèce de terrain morbide que j'ai cru fouler cette nuit.

C'est à cet instant que mon téléphone gazouille : la mélodie endiablée de *Mamma Mia* s'invite dans le jardin. Le réseau est revenu.

— *Emma ??? Mais qu'est-ce que tu fiches depuis hier soir ? Je me ronge les sangs, moi.*

— Coucou…

— *« Coucou ? » Emma, écoute-moi bien, je n'ai plus d'ongles à force de les bouffer, j'ai dû tomber sur ton répondeur cent douze fois, j'ai appelé dix-huit hôpitaux, treize commissariats, j'ai même laissé un message à ton notaire et toi, tu me dis juste « Coucou », tranquilou bilou… Tu es où, là ?*

— Chez Anna, dans le jardin…

— *Alors comme ça, on prend ses quartiers chez grand-tata et on oublie sa copine…*

Je souris.

— Non, c'est pas ça, j'ai eu un accident hier soir…

— *Un accident ??? Seigneur, tu n'as rien de grave au moins ?*

— Non, ne t'en fais pas, tout va bien. C'est juste que le réseau n'est pas terrible ici.

Je l'entends boire. Je peux l'imaginer sans peine en train de siroter son café dans un mug aux couleurs de l'*Union Jack* tout en inspirant une bouffée de sa cigarette électronique. Parfum pêche. C'est son préféré avant 8 heures. Ensuite, elle passe à fraise Tagada.

— *Tu as l'air toute bizarre,* reprend-elle. *Tu es sûre que tout va bien ?*

— Oui, j'ai…

Comment lui annoncer la nouvelle ?

— *Emma, y a un truc qui te chagrine. Qu'est-ce qui se passe ?*

— En fait, l'héritage, c'est une grande propriété…

— *C'est génial, ça.*

— Oui, enfin, si on veut.

*— Bah alors, pourquoi j'ai l'impression que t'as avalé un oursin avec les épines ?*

— Je n'ai pas hérité que de la maison en fait…

*— Laisse-moi deviner : tu as hérité d'un beau jeune homme planqué dans le placard qui t'a tenue éveillée toute la nuit, ce qui explique cette voix de fumeuse invétérée plus morte que vivante ! J'ai bon ?*

— Pas vraiment. Ma grand-tante était chef d'entreprise.

*— Donc d'une entreprise qui t'appartient désormais ?*

— Oui. Une entreprise de pompes funèbres.

Elle s'étouffe, son café est passé de travers.

*— Oh bah merde alors !*

— Et l'entreprise en question est dans le sous-sol de la maison.

*— Tu déconnes ?!*

— J'ai l'air ?

*— Bof.*

— Bah voilà.

*— Je ne sais pas quoi te dire, c'est super glauque…*

Cet adjectif me vexe. C'est étrange, car, au fond, elle ne fait qu'énoncer tout haut ce que je pense. Mais j'ai tout à coup envie qu'elle comprenne. Et, surtout, qu'elle ne se méprenne pas. Alors, je hasarde :

— Les *wedding planers*, tu connais ?

*— Ces agences qui organisent ton mariage de A à Z ? Ma cousine Rachel a fait appel à ce genre de société quand Thibaud et elle se sont mariés. Ils étaient arrivés en deltaplane sur du Marvin Gaye. Un peu barré, mais au moins, ça nous change des entrées pompeuses sur Haydn.*

— Eh ben, je crois qu'Anna, c'est ça qu'elle faisait, mais pour les enterrements, tu vois ? Elle était une sorte de *Bury Planer.*

— *Jamais entendu parler d'un truc aussi tordu… Et du coup, tu comptes faire quoi ?*

— Je crois que je vais rester quelques jours, dis-je à mon plus grand étonnement. Le temps d'y voir plus clair et de trouver une solution pour ramener la voiture.

— *Combien de temps ?* m'interroge-t-elle, soudain méfiante.

— Je ne sais pas, deux ou trois jours peut-être.

Elle marque une pause. Un glouglou chimique à la pêche plus tard, elle me lance :

— *Tu feras attention à toi ?*

— Promis.

Le bruit d'une gorgée.

— *Emma, je suis très sérieuse, tu te protèges à fond.*

— Je sortirai couverte.

— *T'es bête. Si tu as besoin que je vienne, tu me le dis ; je m'arrangerai avec le boulot.*

— Je te tiens au courant, promis.

— *Emma ?*

— Oui ?

— *J'ai confiance en toi.*

— Je t'aime aussi.

Je raccroche. Puis je fixe le jardin qui s'étire devant moi et le vieux yorkshire fonçant sur une tripotée de merles qui s'éparpillent.

Je suis perdue.

# – 12 –

Je me trouve toujours dans le jardin, le nez au soleil, quand Liliane arrive d'un pas léger. Elle m'aperçoit, se fige une seconde, la main sur le cœur en signe de stupeur.

— Vous êtes Emma ? demande-t-elle d'une voix incertaine.

J'avais oublié ce détail. Il va vraiment falloir trouver un moyen de remédier à ce « petit » problème de mémoire. En attendant, je mens pour ne pas la contrarier davantage :

— Je suis arrivée tard cette nuit. Je n'ai pas osé vous déranger chez vous à cette heure-là.

Quand elle s'approche de moi, je retrouve l'odeur qui m'a charmée hier : une odeur poudrée de talc et de pivoine.

— C'est très délicat de votre part. Me Rouche m'a prévenue hier de votre arrivée imminente. Je vois que vous avez déjà fait la connaissance de Pssst.

Je baisse les yeux vers le yorkshire qui effectue des allers-retours entre Liliane, un groupe de rouges-gorges attirés par les miettes qu'elle leur lance, et moi. Je hoche la tête en souriant.

— Petit café ? propose-t-elle en me montrant la bouteille thermos qui se balance au bout de son bras. Je l'ai préparé, juste au cas où je vous verrais ce matin. Je vous emmènerai faire le tour du propriétaire juste après.

— Oh, ce ne sera pas la peine, j'ai déjà pu voir un peu par moi-même, hier soir.

Un éclair de déception traverse son visage. Alors j'ajoute, histoire d'amoindrir les scrupules qui me piquent la gorge quand je lui sers mes mensonges :

— Mais je serais ravie de vous entendre me raconter tout ça.

— Formidable ! s'écrie-t-elle avec enthousiasme en remplissant deux tasses en porcelaine qu'elle a sorties d'un sac plastique.

J'avale une gorgée. Je me sens revigorée. Épuisée et chiffonnée par la nuit désagréable, mais ragaillardie par ce café et cet environnement bucolique.

C'est étonnant. Dès l'apparition des premiers symptômes de ma maladie, la ville, avec sa circulation, ses odeurs et ses gens courant partout, m'a fourni un anonymat confortable et m'a donné la fausse impression que je ne serais jamais seule face à moi-même. En a peu à peu découlé une aversion pour la campagne, ses bêtes sauvages, ses bruits insaisissables, sa végétation envahissante et sa population trop clairsemée. Du coup, je suis déboussolée de me sentir aussi bien. Presque apaisée.

Les yeux dans le vague, Liliane se met à parler :

— C'est une belle maison, n'est-ce pas ? Elle aurait bien besoin d'un petit ravalement, il faudrait s'occuper des huisseries, remplacer les fenêtres aussi, pourquoi pas. Tout cela est ancien et Anna, à son âge, ne pouvait pas se lancer dans des travaux de grande envergure. Mais maintenant que vous êtes là, elle va revivre.

— En deux ou trois jours, ça risque de faire un peu court… tenté-je, timidement.

Liliane ne relève pas. Est-ce qu'elle a entendu ? Est-ce qu'elle le fait exprès ? Elle poursuit :

— Vous savez, nous avons vécu tellement de choses ici, il y a eu beaucoup de rires, beaucoup de joie. Des larmes aussi, de temps en temps. Forcément. C'est la vie. À la mort d'Anna, je ne vais pas vous mentir, j'ai eu peur que la maison ne tombe entre les mains d'un héritier sans compassion ou, pire, d'un entrepreneur qui nous l'aurait rasée pour y mettre un Super U à la place. Je n'aurais jamais pu supporter que des inconnus viennent faire leurs courses là où…

Sa voix s'éteint. Une larme perle au bout de ses cils. Je n'ose pas l'interrompre. Je n'avais jamais vu une personne âgée pleurer, je ne savais même pas que c'était possible. Que des larmes pouvaient se faufiler dans le sillon des rides. Bouleversée et mal à l'aise, je détache mon regard et le cramponne aux volets démantibulés du premier étage.

— Enfin, vous êtes là, et c'est formidable, conclut-elle en bombant le torse quand elle parvient à se reprendre. Je suis certaine qu'Anna a bien choisi, vous êtes la bonne personne, je n'ai aucun doute. Vous lui ressemblez tellement, à Anna. Cette maison vous va comme un gant.

Il faudrait que je stoppe ses élans. Que je lui rappelle que je ne resterai que le temps qu'il faudra pour que quelqu'un débarrasse la caisse à savon du fossé. Que cette maison, aussi jolie soit-elle, n'est pas la mienne. Que je ne suis qu'une erreur de casting.

— En avril-mai, m'explique maintenant la vieille femme en tendant son index vers le haut de la bâtisse, il y a des hirondelles qui nichent sous la voûte du toit. Là, vous voyez ? Il reste un morceau du nid de l'an passé. Elles s'en resserviront, elles sont pleines de ressources. Vous ne pourrez pas les rater, elles batifolent et piaillent toute la journée.

Je hoche le menton en considérant la façade dévorée par le lierre aux tiges nues. En avril-mai, je ne serai plus là.

Je lui rends la tasse qu'elle secoue dans l'herbe avant de la remballer dans le sac plastique. Nous regagnons ensuite la maison ensemble, au son de ses commentaires que j'écoute d'une oreille distraite. Tandis que j'arpente la propriété à ses côtés, quelque chose me taraude : j'avoue avoir de plus en plus de difficulté à relier les paroles acides de ma mère et de ma grand-mère avec la belle maison qui me fait face : « Un héritage ? Cette folle de Chaillot ? Eh ben, on aura tout vu ! » ; « Tu crois quoi, Emma ? Que tu as gagné au loto ? Tu vas vite déchanter, c'est moi qui te le dis ! »

Il y a des pierres qu'il vaut mieux parfois ne pas soulever, m'a dit un jour un médecin. Est-ce que c'est une de celles-là ?

# – 13 –

*Le matin balaie ses rêves. Il ne se lève pas : pour quoi, pour qui se mettrait-il debout ? Personne ne l'attend en bas, personne ne l'attend dans le jardin, personne personne personne. Plutôt que d'affronter une nouvelle journée, il préfère se cramponner à ses souvenirs. Là, au chaud dans sa mémoire, il revoit ses fils qui grimpaient sur le lit et sa femme qui dissimulait sa tête sous l'oreiller pour grappiller quelques minutes de repos supplémentaire.*

*Le matin n'est plus une promesse depuis qu'ils ne sont plus là.*

*L'ignorance le torture : il passe son temps à se demander où ils sont partis. Et, surtout, avec qui sa femme s'est envolée. Quel homme a kidnappé son cœur au point qu'elle accepte de briser sa famille ? Qui est cet autre qui reçoit à présent les embrassades de ses fils, le dimanche matin ?*

*Finalement, il n'y a plus que ça qui le maintient en vie : la volonté de savoir à qui il doit son anéantissement est l'unique fil de son existence.*

*Parfois, il est une machine de haine : il pourrait tout casser, il a même commencé à s'échiner contre le pauvre mur en pierre au fond de son terrain pour passer ses nerfs. Mais, parce qu'il n'est pas vraiment mauvais, il se persuade que si son bonheur à elle est à des années-lumière de lui, alors elle a fait le bon choix. Même si ça le tue. On ne lutte pas contre le désamour.*

*Et il n'est pas à l'abri qu'elle se désintéresse de l'autre et qu'elle revienne.*

*Hier, d'ailleurs, sans raison apparente, il s'est attendu à la voir débarquer. C'est bête, l'espoir, ça vous colle aux basques et on a un mal de chien en s'en dépêtrer. Elle serait apparue sur le seuil, une petite valise rouge posée à côté d'elle. Ses fils lui auraient sauté au cou en criant « Papa ! », elle aurait haussé les épaules d'un air désolé. Bien sûr, il lui aurait pardonné.*

*En prévision de leur retour à la maison, il a préparé des choses.*

*Il a fait un brin de ménage.*

*Tenté de remonter le mur que sa colère a foudroyé.*

*Affûté les gaules des cannes à pêche des garçons et cherché des petits vers dans la terre pour servir d'appât. Ils adorent pêcher. Il les aurait emmenés prendre des gardons.*

*Elle aurait adoré manger de la friture.*

*Mais il a attendu pour rien. Et ce matin a un goût de cendres.*

# – 14 –

Liliane est partie faire des courses. Elle a refusé que je l'accompagne, au prétexte que je devais « respirer » l'endroit, l'appréhender.

Elle m'a dit qu'une maison, c'est comme une personne. Il faut prendre le temps de la connaître, de comprendre ce qui se cache sous la peinture, comme sous une couche de maquillage. Il faut se méfier des premières impressions. Il faut explorer, creuser, avoir le goût de l'aventure et ne pas avoir peur.

Admettons. N'empêche, je ne suis pas chez moi ; fouiller dans les affaires d'une inconnue me paraît plutôt indécent. De toute manière, je ne me fais aucune illusion : quand elle reviendra, Liliane m'aura oubliée. En attendant, je tourne en rond et m'occupe comme je peux, en évitant soigneusement le sous-sol. J'ai assez soupé de fantômes cette nuit pour ne pas avoir envie de remettre ça avant un certain temps.

Mission croquettes pour Pssst : *check*. Trop facile, elles étaient rangées dans l'ancienne cheminée transformée en placard.

Mission débarbouillage : *check*. La salle de bains est à côté de la chambre où j'ai dormi. En hôte délicate, Liliane a eu la prévenance de disposer des serviettes propres sur une chaise. Des serviettes qui sentent bon le talc et la pivoine.

Mission téléphone à l'agence de location pour annoncer le destin tragique de la petite voiture sans permis : ratée. Le réseau est capricieux, il s'est encore débiné. Quant au téléphone fixe sur son napperon ajouré dans l'entrée, il n'est d'aucune utilité. La ligne a été suspendue après le décès d'Anna. Chaque minute, je jette un œil à l'écran de mon Smartphone dans l'espoir d'y voir apparaître quelques notifications bienvenues. Mais il n'y a pas l'ombre d'une connexion. Et sans Internet, je ne peux même pas améliorer le rendement du restaurant virtuel que j'ai fondé via le jeu *World Chef*. Je songe avec tristesse à tous les steaks cramés, les cappuccinos oubliés sous la machine, les émoticônes rouges de colère des clients mécontents.

Couché sur le tapis épais du vestibule, Pssst souffle en m'observant faire les cent pas. Ses yeux balaient de droite à gauche en suivant mes mouvements, à la manière d'une star blasée qui se morfond sur les gradins de Roland Garros.

À court d'idées, je décide de monter dans la tourelle. Je grimpe l'escalier en colimaçon à pas de loup, comme pour ne pas déranger, et tombe sur une porte épaisse en bois foncé. Je tends la main vers la poignée en fer. Là-dessus, la voix excitée des chanteuses d'Abba se met à ânonner. Retour réseau, *welcome back* civilisation. Et déception ultime, quand l'identité de l'appelant apparaît. L'envie de ne pas répondre me traverse une seconde. Mais je cède.

— Hey, Valérie... fais-je en esquissant une grimace de dégoût vers Pssst qui a d'autres chats à fouetter.

— *Oui, bon, Emma, il faut qu'on discute, c'est important.*

Valérie est la spécialiste des affaires d'État. Elle a le don de trouver de l'urgence même dans un pot de confiture.

— Bonjour... hasardé-je dans une tentative d'humanité.

— *Oui, bien sûr, bonjour, enfin, « bon jour », c'est vite dit. J'ai cinq livraisons en attente, j'ai plus le quart d'un œuf en rayon, les Danette au chocolat sont périmées demain, une souris a éventré cinq paquets de Kellogg's. Les cinq derniers évidemment. Plus de Coca ni d'Orangina, trois canettes d'Ice Tea qui se battent en duel. Bref, c'est la Bérézina. Et le livreur vient de m'appeler pour me dire que c'était pas gagné pour ce matin. Pile le jour où ils bloquent la rue toute l'après-midi pour un tournage de film. Ils ont déjà mis les canons à neige. Je suis en rogne, t'imagines même pas.*

Ah si, au contraire, j'imagine parfaitement ses cheveux bouclés dressés sur sa tête et ses yeux furibards qui roulent comme des calots.

Valérie s'énerve à l'autre bout de la ligne et moi, je pénètre dans la pièce. La stupéfaction porte soudain au second plan les doléances qui crépitent dans le téléphone.

Face à moi, une vaste chambre cathédrale aux poutres apparentes. Au fond, un des murs forme un arc de cercle.

Les tommettes rouille du sol sont adoucies par de larges tapis persans. Le mobilier est fourni et compte plusieurs penderies de belle facture, des coffres d'où dépassent des morceaux d'étoffes, un large miroir ovale, une coiffeuse sur laquelle s'étagent des paniers remplis de flacons et des bijoux. Recouvert d'un chemin de soie, le lit paraît minuscule.

— *En plein mois de mars ! S'ils voulaient de la neige, ils avaient qu'à tourner en décembre, mais non, il faut qu'ils emmerdent le monde avec leurs idées tordues. Sinon, la nouvelle caissière nous a lâchées…*

— Mmh mmh, rétorqué-je machinalement, mon intérêt confisqué par le décor.

Décidément, la maison de ma grand-tante recèle bien des surprises.

J'ouvre un des placards, le cœur battant, l'impression de braver un interdit chevillée au corps.

— *Donc je voulais qu'on parle de ton emploi du temps. Tu as deux minutes à m'accorder ? Parce qu'il faudrait que tu fasses des heures sup la semaine prochaine, je sais que ça t'embête pas, mais je préfère t'en parler.*

— Mmh…

Des vêtements par dizaines pendus sur des cintres, des chemisiers désuets, des jupes démodées, des pantalons en feutre, des tissus surannés.

— *De toute façon, on en cause tout à l'heure.*

— Ah non, j'ai eu un acci…

L'une des robes attire soudain mon regard.

— Je te rappelle.

Je raccroche sans me préoccuper des récriminations de Valérie. Je m'accroupis. Effleure une manche dont la couleur anis vient de percuter ma mémoire.

En voilà une coïncidence…

## – 15 –

C'était le jour de mes 17 ans.

J'avais fêté mon anniversaire avec le garçon que j'aimais, une bouteille de vodka, de la fumée, des discussions entières à refaire le monde, des baisers parfumés à l'alcool. Et un piercing sur l'arcade sourcilière pour cimenter notre amour tout neuf.

À mon retour, j'ai trouvé mes parents dans la cuisine. Ils avaient fait le pied de grue une partie de la nuit, furieux de me voir déroger à la sacro-sainte règle du : « Pas de sortie en semaine. » Quand elle m'a vue, ma mère a bondi de sa chaise, hors d'elle. Je me suis immédiatement défendue : je venais de passer une soirée magnifique, le garçon dont j'étais amoureuse depuis le début du lycée m'aimait enfin, nous avions contemplé le coucher de soleil sur le toit de son immeuble et nous nous étions perdus l'un dans l'autre le reste du temps. Je ne m'étais jamais sentie aussi vivante. Le retour à la réalité était d'autant plus douloureux.

Mon père, lui, a tempéré, comme toujours, soupirant qu'il fallait bien que jeunesse se passe. La nonchalance apparente de mon père n'a fait qu'empirer la hargne de ma mère qui a alors décidé de m'envoyer dormir en vociférant un : « On verra ça demain matin ! »

Le lendemain matin, j'ai quitté ma chambre dès l'aube pour ne pas la croiser. Il était à peine 6 h 30 quand je me suis assise sous un abribus, défaite de cette nuit sans sommeil, mais fière de mon piercing flambant neuf, un saphir de pacotille monté sur un anneau en argent, que ma mère a qualifié d'horreur. Mon sac à dos sur les genoux, une pachemina de trois mètres enroulée dix fois autour de mon cou, un sweat-shirt trop large et une migraine atroce au fond du crâne, je regardais passer les bus et, à l'intérieur, les premiers voyageurs, déjà fourbus de la journée à venir.

Je détestais ma mère. Fidèle à son habitude, elle n'avait rien compris et n'avait même pas cherché à comprendre. Je haïssais sa vie minable de petite-bourgeoise, je détestais les masques qu'elle mettait sur sa peau pour tenter d'enrayer l'écoulement inexorable du temps, je ne supportais plus qu'elle me reproche de vivre quand elle avait choisi de s'enterrer dans cette existence placide et sans relief. Je reniflais en me promettant de ne jamais finir comme elle ou comme ces gens dans ces bus, qui paraissaient si las.

— Vous attendez depuis longtemps ? a demandé une femme en prenant place d'autorité à côté de moi.

C'était une femme noire. Elle portait un manteau sombre d'où ne sortait que le bout de sa robe.

— Non, mais moi, je n'attends pas le bus, ai-je rétorqué de but en blanc.

Je voulais être seule, je n'avais aucune envie de parler.

— Ah ? Bon…

Le bus est arrivé, elle s'est redressée et, alors qu'elle s'apprêtait à se hisser à l'intérieur, elle a tourné la tête dans ma direction :

— Ce bijou sur votre sourcil, c'est très joli. Ça vous va bien.

Et elle s'est volatilisée au milieu de ces visages absents, abandonnant un sourire sur mes lèvres. Sa remarque m'a consolée. Il suffit de peu de chose parfois pour que le soleil se lève.

Les portes du bus se sont refermées sur elle. Et sur la couleur de sa robe qui dépassait de son manteau. Une robe vert anis, identique à celle que je viens de sortir de la penderie.

— Liliane ?

Je me fige au son de la voix masculine.

— Liliane ? répète la voix.

Je me dépêche de remettre la robe en place et de sortir de la pièce.

— Elle est sortie ! m'écrié-je dans l'escalier.

— Mais vous, vous êtes qui ?

— Une… une amie…

N'importe quoi. Pourquoi pas la livreuse de pizza tant que j'y suis.

— Ah… Et vous voulez pas descendre, madame l'amie ?

— J'arrive…

En bas de l'escalier se tient un homme voûté. Il a le teint pâle, des cheveux blancs et des yeux bleus qui pétillent. Il me tend une main douce.

— Maurice.

— Emma.

— Vous êtes la petite-nièce d'Anna, je présume ? celle qu'on attendait avec la plus grande impatience, mais qu'on n'était pas sûrs du tout de voir arriver.

J'opine.

— Enchanté ! Je suis Maurice, le thanatopracteur !

Je retire ma main. Un réflexe dont j'ai immédiatement honte. Là-dessus, la porte s'ouvre sur Liliane, les bras lestés de sacs.

— Ah, Maurice, tu es là ! s'exclame-t-elle en déposant un baiser sur sa joue.

Puis, s'adressant à moi :

— Et vous ? Vous êtes ?

Je suppose que le regard que je lance à Maurice en dit long sur mon degré de découragement, car il vient aussitôt à mon secours en chuchotant à l'oreille de la femme :

— Ta main…

Liliane baisse la tête et pose ses sacs sur le sol. Sur sa main, trois lignes au stylo bille : « Emma est arrivée. La visite a été faite. Elle reste. »

Aussitôt, son regard s'assouplit.

— Ah, Emma, bien sûr, où ai-je la tête ? J'espère que je n'ai pas été trop longue. Regarde, Maurice, tu ne trouves pas qu'elle est le portrait craché d'Anna ? fait-elle en pivotant vers le vieil homme, avant de revenir vers moi. Je suis si heureuse que vous ayez accepté de reprendre le flambeau ! Ça va être merveilleux !

Non non non, je ne reste pas. Mais je pourrais lui faire croire que si et me sauver en pleine nuit. Je pourrais, ce serait facile. Si ce n'est deux mots à l'encre bleue sur le dos de sa main, elle m'aurait vite oubliée. À moins qu'elle m'attende indéfiniment. Ce serait terrible. C'est toujours terrible d'attendre quelqu'un qui ne viendra pas.

Je ne reste pas. Enterrer les gens, très peu pour moi, merci bien, à la revoyure.

Je ne reste pas, même si Maurice et Pssst semblent avoir deviné mes pensées et me regardent tous les deux avec des yeux de merlan frit.

Je ne reste pas, même si Liliane sent le talc et la pivoine.

Je ne reste pas. Je ne reste pas. Je ne reste pas.

Ou alors pas longtemps. Rester en CDD. Juste pour voir. Pour savoir. Pour comprendre les deux ou trois choses qui m'échappent.

Rester et donner une chance à Liliane et à cette grand-tante étrange. Rester et me donner une chance, aussi, de réussir enfin quelque chose.

— Vous verrez, Maurice est un magicien ! glousse Liliane à voix basse en m'entraînant vers le sous-sol. Sa spécialité, ce sont les peaux. Il a le don de donner aux gens l'éclat qu'ils ont perdu en route.

Chouette.

Si je récapitule, on a une fée, un magicien, un chien qui s'appelle on-ne-sait-plus-comment et une femme qui oublie tout. Et, clou du spectacle, la narcoleptique de service en personnage principal. Tout ça s'annonce plutôt bizarrement.

# – 16 –

Plus les jours s'enchaînent, plus j'apprécie la compagnie de ce drôle de couple qui ne fait que flirter depuis quinze ans, et plus je goûte le plaisir de me réveiller avec Pssst dans la chambre qui m'a été dévolue. J'aime le soleil sur ma peau le matin ; j'aime contempler la dizaine de merles qui picorent l'herbe blanche puis s'envolent comme un seul homme quand Pssst s'élance en grognant gentiment ; j'aime entendre les bouillons du ruisseau tout proche ; j'aime cette ambiance comme on aime des vacances. On sait que ça ne durera pas, mais on se complaît dans l'illusion qu'on pourrait être bien, là, une vie entière.

Depuis quelques jours, Liliane, Maurice et moi œuvrons ensemble pour que l'entreprise puisse rouvrir ses portes. Nous avons rangé, dépoussiéré, trié, repeint la pancarte vermoulue. Ri aussi, quand Maurice a revêtu la perruque d'Elvis Presley et entonné *Love me tender* à une Liliane coquelicot qui pouffait comme une adolescente.

— Ça y est, la ligne de téléphone de Chez Anna est opérationnelle ! m'annonce Liliane ce matin, juste après avoir lu quelques phrases sur le dos de sa main pendant que je nettoie le sous-sol.

Sans lâcher mon balai, je me compose un sourire de façade. L'échéance approche. Bientôt, il faudra que je me confronte au cœur du problème : voir la mort en face et assister à ma probable déconfiture.

Évidemment, j'ai essayé de repousser ce moment au maximum, prétextant, entre autres, que je n'avais pas suivi la formation adéquate, qu'il fallait une certification pour exercer dans ce domaine.

— On l'a, nous ! m'a opposé Maurice en haussant les épaules. Il n'y a aucun problème !

Aucun problème… Tu parles, Charles.

Driiing driiing driiing.

Je pivote vers le téléphone posé sur la table ronde en bois laqué blanc. Je tressaille. Ce n'est pas possible. Pas déjà. Je décoche des signaux de détresse visuels à Liliane qui ne bouge pas d'un iota. D'un signe du menton, elle m'encourage à répondre. Je suis sur le point de défaillir quand je saisis le combiné.

— Chez Anna, bonjour, balbutié-je en retenant ma respiration.

— C'est Maurice ! C'était pour tester ! Bon bah, ça marche !

Le rythme de mes pulsations cardiaques dégringole. Je n'ose pas penser au visage que je dois arborer quand je raccroche. Je reprends ensuite mon balai, sous le regard amusé de Liliane et de Pssst. Quelques minutes passent avant que les pas de Maurice ne résonnent dans l'escalier. Quand, soudain :

Driiing driiing driiing.

Je me fige. Liliane aussi. Maurice, posté en bas des marches, itou. Même Pssst soulève son museau du panier molletonné dans lequel il s'était assoupi. Nous nous regardons, indécis, tandis que le téléphone s'affole sur la petite table.

Driiing driiing driiing.

Je suis la plus proche. Je tends un bras tremblant vers le combiné. Qui se tait dès que je le touche. Ouf. Un répit. Mes joues se recolorent, mon corps reprend une activité normale. Puis :

Driiing driiing driiing.

Je déteste ce téléphone et sa sonnerie criarde. Je déteste le fait d'être la plus proche. Je déteste être la petite nièce d'Anna et m'être lancée dans une galère pareille. Tandis que je suis occupée à détester tout et tout le monde, mes doigts s'exécutent sous les moues insistantes de Liliane et Maurice. Dans un silence d'église, je bafouille :

— A… Allô ?

— *Allô,* répond une voix masculine. *Je suis bien Chez Anna ?*

— Oui ?

— *Et vous êtes Anna ?*

— Non, mais… presque.

Le stress fait dire de ces âneries… Je suis affligeante.

— *Est-il possible de me recevoir dans les jours qui viennent ?*

— Attendez, je regarde…

J'ouvre l'agenda flambant neuf à la couverture en cuir, tourne les pages jusqu'à celle d'aujourd'hui, envisage les lignes vides.

— Alors… hésité-je en feignant de chercher, je peux vous proposer la semaine prochaine…

— *Vous n'avez pas plus tôt ? C'est assez urgent…*

— Euh, je n'ai rien avant…

Je plisse les yeux et croise les doigts :

— … après-demain…

— *Après-demain !* conclut l'homme au téléphone à mon grand désarroi.

J'attrape un critérium et je propose :

— 17 heures ?

— *Plutôt le matin, ce serait possible ? 10 heures, ce serait parfait, si vous aviez.*

Décidément, aucun délai ne me sera accordé. Comme je tarde à répondre, il précise :

— *Ce ne sera pas très long. Je voudrais juste discuter de mon enterrement. Il faudrait le prévoir d'ici un mois si c'est possible.*

Je m'assieds sur l'un des fauteuils pour ne pas tomber.

— Pardon ?

— *C'est pour mon enterrement,* répète-t-il. *Dans un mois. 10 heures, c'est possible pour vous ?*

Je suis sciée. Comment est-il possible qu'un type, manifestement jeune si j'en juge à sa voix, organise son propre enterrement ?

— Oui oui, bredouillé-je, 10 heures, c'est bien.

Liliane et Maurice se sont approchés de moi. Ils me dévisagent avec curiosité tandis que je crayonne sur l'agenda, à l'endroit réservé au surlendemain : 10 heures et une nuée de points d'interrogation.

— *Vous voulez mon nom du coup ?*

— Oui, voilà, marmonné-je, pourquoi pas, votre nom, je veux bien, s'il vous plaît.

Il l'énonce, mais je suis trop soufflée pour entendre quoi que ce soit. Je raccroche à peine, quand mes deux « collègues » s'incrustent par un : « Alors ? » simultané.

— Alors nous avons un premier client…

À ma tête, ils devinent que l'enthousiasme n'y est pas. À quoi peut ressembler un homme qui prévoit de mourir ? Et comment vais-je parvenir à gérer ce rendez-vous bizarre ?

# – 17 –

— *Il te faut des fringues !* déclare une Marion péremptoire au téléphone après avoir écouté le récit de mon étrange coup de fil.

Marion et son sens des priorités tout personnel, alors que je suis au bord du gouffre, malade à l'idée de ne pas savoir quoi dire à ce jeune homme étrange qui va mourir.

— *Non, mais parce que tu t'habilles comment depuis que t'es arrivée ?* m'interroge-t-elle en buvant une gorgée de quelque chose. *Berk, c'est immonde.*

— Je ne t'ai pas encore dit ce que je porte…

— *Je parle de ce smoothie poire-épinards-gingembre. Jour 2 de ma cure detox. Ça sent le savon antiacné de mon petit frère ! Quant à la couleur, tu sais à quoi ça me fait penser ? Non, laisse tomber, vaut mieux pas que tu saches…*

Et hop, une inspiration de cigarette électronique, parfum pêche évidemment étant donné qu'il n'est pas 9 heures.

— *Donc voilà : la clé, c'est la PRÉ-SEN-TA-TION. T'habiller bien, c'est quatre-vingt-dix pour cent du boulot.*

— Honnêtement, Marion, il est là pour causer de son enterrement. À mon avis, la façon dont je m'habille lui importe assez peu.

— *C'est là que tu te trompes ! Mets des talons et une robe cintrée à une vache, tu vas voir si ça fait pas son petit effet…*

La comparaison a beau me laisser dubitative, Marion a raison, je ne peux pas recevoir des « clients » éventuels, vêtue avec ce que me prête Liliane. J'ai besoin de donner au moins une impression de professionnalisme à défaut d'en avoir réellement.

Qu'à cela ne tienne, j'embarque une heure plus tard dans la camionnette cahotante de Maurice avec l'objectif de dévaliser les boutiques. Ou, plus sûrement, de trouver deux ou trois vêtements présentables à enfiler. Direction Saint-Fargeau, située à quinze kilomètres de là…

Maurice m'abandonne à l'entrée de l'unique rue piétonne et commerçante. Juste avant, il me désigne un bar à la façade embuée, le Café des sports.

— Les magasins, c'est pas mon truc. Je me gare et pis je vous attends là. Prenez vot'temps, y a pas le feu au lac.

Je zippe ma doudoune jusqu'au menton en regardant la camionnette tourner après l'église.

Première boutique : j'entre. J'enlève mon manteau, choisis une robe, un pantalon et un chemisier, file dans la cabine effectuer mes essayages. Là, je ne reconnais pas le reflet que me renvoie le miroir amincissant. Je repose. Je sors.

Deuxième boutique : j'entre. J'enlève mon manteau, essaie une robe portefeuille bleue dans laquelle je me trouve ridicule. Je sors.

Troisième boutique : j'entre. Je ne parviens pas à descendre la fermeture Éclair de mon manteau. Je peste. J'ai chaud, je ventile, je n'essaie rien, je respire respire respire parce que je commence à voir trente-six chandelles et je sors, le visage cramoisi jusqu'aux oreilles.

Quatrième boutique : j'entre. Je dis bonjour, je dis au revoir.

Cinquième boutique : j'entre. Je jette mon dévolu sur quelques vêtements au hasard que je n'essaie pas à cause de cette maudite fermeture Éclair coincée. Je paie. Et je prie pour que ça m'aille.

Sixième boutique : j'achète un énorme paquet de M&M's. Le paquet jaune, avec la cacahuète à l'intérieur. Mes préférés. Il me faut au moins ça pour me remettre de mes émotions et pour combler le creux qui s'est formé au milieu de mon estomac depuis le coup de fil et le véritable début de ma « prise de fonction » en tant que *Bury Planer*. J'avoue vaguement espérer que survienne une indigestion qui m'empêchera d'être opérationnelle demain. Ce n'est pas glorieux, mais c'est tout ce que j'ai en stock pour me défiler sans en avoir l'air.

Je sors de la supérette et traîne les pieds vers un banc, près d'une petite place ronde et grise où trône une fontaine sans eau, hiver oblige. Je m'assieds et fixe les toitures mangées de mousse. Là, une fenêtre a été remplacée par du papier journal. Sur le côté, on distingue les morceaux de verre qui tiennent, bon an mal an. Des gens passent. Des personnes âgées surtout, traînant derrière elles un caddie roulant ou lestées de sacs d'où dépassent parfois la tête d'un poireau et le haut d'une baguette de pain. La luminosité est en berne, la brume recouvre les épaules des passants, les nuages stagnent au-dessus du clocher.

Bref, un décor déprimant, comme un couvercle sur mon anxiété.

Mes pensées s'accrochent et se dispersent. Je songe à Anna, à son héritage qui, aux dires de mes parents, ne vaut pas un coup de cidre ; je songe à ce qui a bien pu la conduire à fonder ces drôles de pompes funèbres ; je songe à Liliane, à sa mémoire défaillante et à son béguin pour Maurice, le thanatopracteur qui aurait, selon elle, un don pour rendre beaux les morts ; je songe au déguisement que je vais enfiler demain, un peu avant 10 heures, pour faire semblant d'être compétente et faire croire que je peux gérer un enterrement de A à Z ; je songe à Marion et à son smoothie peu ragoûtant, à Valérie qui m'a laissé plusieurs messages en mode : « Tu sais que c'est trèèès grave ce qui est en train d'arriver », à Pssst, à Lulu, à ma vie qui ne devait pas ressembler à ça, à cette narcolepsie que je trimballe comme un boulet, à mon existence qui me file entre les doigts à force d'angoisse et de parcimonie, à Monsieur Je-transpire-jusqu'au-bout-des-ongles que je n'ai pas été fichue de rattraper.

Je suis si absorbée par mon auto-analyse que je ne me rends pas compte immédiatement qu'un homme s'est assis sur le même banc. Dans la trentaine, voûté, un bonnet descendu jusqu'aux oreilles, de la fumée qui s'exhale de ses lèvres lorsqu'il ouvre la bouche pour… s'enfiler un de mes M&M's !

# – 18 –

L'homme remet ça. Une fois, deux fois, trois fois.

Je suis sidérée. Il pique mes bonbons, l'air de rien, en regardant devant lui, les yeux dans le vague, comme si je n'existais pas. Non, mais il est sérieux ? Son sans-gêne me laisse pantoise. Ce ne peut être qu'un pauvre type qui n'a pas toute sa tête, je ne vois pas d'autre explication. Et vas-y que je trifouille dans le paquet, pépère mémère, et que je trie et choisis la couleur en plus ! Des bleus… Moi aussi, j'aime les bleus, qu'est-ce qu'il croit ?

Il est hors de question que je regarde mon paquet se faire dévorer sans tenter quelque chose ! Le problème, c'est que j'ai toujours été incapable de transformer mon exaspération en réplique bien sentie ; je fais partie de ces gens qui ne jettent que des « Oh bah non » et des « Eh, mais… » en rougissant, par peur de provoquer des réactions en chaîne et d'être mis K.-O. par l'adversaire. Du coup, en général, je me tais et je ressasse dans mon coin.

Ce coup-ci ne déroge pas à la règle : je suis littéralement à court de mots. Alors, faute de mieux, je plonge moi aussi ma main pour en ressortir une poignée de M&M's que je mastique bruyamment d'un air outré. Ça devrait forcément le stopper.

Même pas. Il regarde ma main, vaguement éberlué, puis finit par lever sur moi de grands yeux ronds, avant de se remettre à contempler l'horizon en ingurgitant MES M&M's. Et le voilà qui repousse le paquet dans ma direction, sans cesser pourtant de voler mes bonbons. Je rêve ou il m'adresse un sourire ? Donc le gars m'invite à prendre un M&M's dans MON paquet ! Trop gentil, merci ! Je suis à la fois folle de colère et complètement abasourdie.

C'en est trop : je me dresse sur mes jambes et j'emporte mon paquet loin de ce malotru en soufflant ostensiblement. A-t-on jamais vu un truc pareil ?

Les nerfs en pelote, je me dirige vers le Café des Sports pour y retrouver Maurice. L'espace d'un instant, j'ai oublié ce qui m'attendait, l'agacement a pris le pas sur la trouille de ce qui va arriver demain. Ça m'a coûté quelques M&M's, mais c'est toujours ça de pris, me dis-je dans la camionnette qui me ramène à la propriété. On se rassure comme on peut. À ce moment-là, il ne me reste plus que dix-neuf heures et trente-huit secondes avant le début des hostilités.

À cette pensée, mon ventre fait des bonds. J'ai beau tâcher de faire bonne figure, je suis tétanisée.

Lorsque je sors de la chambre où je me suis changée, Pssst me saute dessus. Quant à Liliane, elle arbore un regard inhabité. Je constate que je l'ai perdue. Ou qu'elle m'a perdue. Que nous sommes perdues, quelque part, dans les méandres de sa mémoire fragile.

Je vois bien qu'elle creuse à l'intérieur de ses souvenirs. Je lui prends doucement la main droite sans la brusquer, celle où est écrit :

« Emma est là. Premier rendez-vous demain. »

Son regard vert d'eau reprend vie. Elle revient à moi. À nous.

— Cette robe vous va à merveille.

Je dirige mon regard vers un des miroirs et je dévisage mon reflet. Je vois une femme de taille moyenne. Des cheveux ramenés au-dessus du crâne en un chignon flou. Une silhouette plutôt menue, une poitrine limite inexistante, une taille qui se devine sous une robe droite noire. Mon nez. Mes yeux. Un petit quelque chose dans le bas du visage.

Je lui ressemble. C'est troublant. Manifestement, je ne suis pas la seule à m'en rendre compte.

— Vous êtes le portrait craché d'Anna, bredouille Liliane, la voix teintée d'émotion.

Puis elle se reprend aussitôt :

— Mais cette robe, ça ne va pas du tout.

« Pas du tout, pas du tout, pas du tout », qu'elle chantonne en s'éloignant. Avant de revenir, moins d'une minute plus tard, les bras chargés d'accessoires colorés qu'elle lâche dès qu'elle m'aperçoit en haut des escaliers.

— Qui êtes-vous, mademoiselle ?

La main. Retour vers moi. Je souris, Liliane n'était pas partie bien loin. Elle recommence là où elle s'était arrêtée.

— Vous voyez, dit-elle en passant derrière moi et en posant sur mes épaules quelques-uns des accessoires qu'elle vient de récupérer dans la chambre d'Anna, vous pourriez mettre une touche de couleur. Ce rose, c'est joli sur vous. Ou alors ce foulard bleu. Ou une ceinture verte. Elle est parfaite pour vous, pile à la bonne taille !

Je proteste :

— Pardon, mais c'est une boîte qui organise des enterrements, n'est-ce pas ?

— Tout à fait.

— Et, donc, le noir, c'est bien la norme dans ces cas-là, non ?

— En général oui. Mais pas pour Anna. Anna aimait la couleur. Elle l'aimait plus que tout.

— Je ne suis pas Anna.

— Oui, mais Anna n'aimait pas le noir. Ni le gris. Ni le bleu marine. Elle trouvait ça tellement triste.

C'est le pompon. Le noir, trop triste pour causer enterrement et convention obsèques ? Espère-t-elle réellement que je vais recevoir l'homme qui va mourir, affublée d'un foulard turquoise et d'un collier criard ?

— Eh bien moi, je serai en noir, que ça vous plaise ou non ! m'écrié-je sur un ton que j'aurais souhaité plus doux.

— C'est dommage, vous n'avez rien compris.

Je m'étouffe :

— Rien compris ? Moi ? Vous réalisez que je ne suis pas rentrée chez moi depuis plus d'une semaine ? Que si je suis là, c'est uniquement parce que je veux essayer de vous trouver une solution plus confortable qu'une vente pure et simple de la propriété ? Je ne suis pas Anna ! Je ne la connais pas ! Et vous ne me connaissez pas non plus ! Vous croyez que c'est facile pour moi d'être là ? Vous croyez que c'était mon rêve, d'être patronne d'une entreprise de pompes funèbres ?

J'ai chaud et je suis si en colère que mes paupières tressautent. J'ai beau sentir que ma fureur n'est pas dirigée contre la bonne personne, je suis incapable de me contrôler. C'est comme si toutes les frustrations et les déceptions accumulées jusque-là ressortaient en bloc.

Je vois bien que Liliane est blessée, que mes récriminations la bouleversent. Mais je suis lancée, c'est un tsunami de bile qui déferle en moi. Si je ne le laisse pas sortir, je pourrais imploser. Je continue de déverser le flot de ma colère et de ma frustration :

— Alors vous savez quoi ? Comme je ne veux pas vous mettre dans l'embarras, je vais assurer le rendez-vous de demain. Dites-vous bien que c'est pour vous que je le fais, et uniquement pour vous ! Mais après, *bye bye*, j'appelle Me Rouche pour lui rendre les clés et je rentre chez moi. Demain soir, à la même heure, je serai sur mon canapé et tout ça sera de l'histoire ancienne !

Un silence de plomb recouvre ma hargne. Puis à nouveau, la voix brouillée, étranglée de Liliane :

— Vous n'avez rien compris.

— Je sais, vous l'avez déjà dit. J'ai trop bien compris au contraire : cette entreprise de pompes funèbres n'est rien d'autre qu'une lubie de bonnes femmes pour profiter de la douleur des gens. Libre à vous si ça vous fait plaisir d'enterrer les morts en jouant des castagnettes ! Mais je refuse d'être votre complice. J'ai du respect, moi !

Tremblante, je claque la porte de ma chambre sur Liliane et ses accessoires de mode fantasques. Je veux être seule pour remettre mes idées en ordre. Au fond, j'éprouve de la fierté : pour la première fois, je suis parvenue à m'opposer de manière frontale à quelqu'un. Pour la première fois, je n'ai pas perdu mes moyens.

*Toc-toc-toc.*

Je ne réponds pas.

*Toc-toc-toc.*

Ça ne sert à rien qu'elle insiste, ma décision est prise. Elle est irrévocable. Demain, pfff, je m'envole.

*Toc-toc.*

*Toc.*

Voilà, elle m'a oubliée. Tant mieux.

Tandis que je reprends mon souffle, exténuée soudain par cet échange plein de morgue et de rancœur, Pssst bondit sur le lit et me décoche des œillades lourdes de reproches. Je hausse les épaules en esquivant son regard. Après tout, qu'est-ce qu'un vieux yorkshire peut bien saisir de tout ça ? Qu'est-ce qu'il y connaît, lui, en pompes funèbres ?

Ridicule dans ma robe trop noire et trop serrée, je m'allonge sur le côté, bras repliés sous ma joue droite, en position fœtale. C'est alors qu'un sentiment diffus me submerge. Un sentiment qui ressemble à de la honte.

# – 19 –

La nuit est complète quand je me résous à sortir de la chambre. Une lumière vacillante émane du rez-de-chaussée. Pourtant, j'ai entendu Liliane partir un peu plus tôt en claquant des mains. Qui peut bien être là ?

Je descends précautionneusement, au rythme du clang clang scandé par le balancier de la grande pendule. Un feu crépite dans la cheminée. Juste devant, sur la table basse, quelqu'un a posé une assiette recouverte de papier aluminium. À côté, des couverts, une serviette en coton et un petit mot :

« Bon appétit. »

C'est l'écriture de Liliane. La même que celle qui habille le dos de sa main gauche à longueur de journée.

Sous le papier, une tranche de rosbif froid, de la mayonnaise et des haricots verts en salade. Je suis touchée par tant de prévenance et d'autant plus furieuse contre moi d'avoir proféré ces paroles odieuses. Mais, si je regrette de m'être montrée si désagréable et d'avoir causé de la peine à cette femme pour qui j'éprouve la plus grande sympathie, je n'ai pas changé d'avis. Demain, dès que le rendez-vous se termine, je trouve un moyen de rendre les clés au notaire et je retourne à ma vie.

À mes cours de gestion du stress.

À Monsieur Je-transpire-jusqu'à-la-raie-des-fesses.

À Mégaprix, la supérette à petits prix.

À mes endormissements inopinés, aux conseils irritants de ma mère, aux traitements que j'essaierai encore parce que tant qu'y a d'la vie, y a de l'espoir.

À la prudence, au confort d'une solide routine.

À la sécurité sans passion.

*« Emma, je suis très sérieuse, tu te protèges à fond ! »* m'a recommandé Marion au téléphone. Que mon amie se tranquillise : s'il y a bien un domaine où j'excelle, c'est celui-ci.

Seule, en pleine nuit, dans cette maison qui ne m'appartient que sur le papier, je suis mal à l'aise et je ne tiens pas en place. Aussi, après avoir partagé mon morceau de viande avec Pssst, je me mets à déambuler au rez-de-chaussée, assiette et fourchette à la main, enfournant les haricots verts recouverts de leur délicieuse vinaigrette. Je croise un miroir, m'arrête un instant sur mon reflet.

Mon malaise augmente. Je frissonne. Là, dans le clair-obscur de la pièce, le même regard que celui qu'arborait ma grand-tante sur la photo. Les mêmes yeux tristes, là où, enfant, j'avais cru percevoir une mine revêche et un caractère austère. On n'est pas toujours doué pour décrypter les visages à sept ans.

N'empêche, la narcolepsie est en train de gagner : que ça me plaise ou non, je suis devenue au fil du temps cette femme aigrie qui me fixe dans le miroir, ma jeunesse dissoute dans un bain de prudence huileuse et d'économie de sentiments. Pas l'once d'un éclat au fond des yeux. Mon cœur bat. Mais à peine. En sourdine. Depuis quand n'a-t-il pas menacé de crever ma poitrine ?

Mes pas me conduisent d'eux-mêmes devant l'escalier menant au sous-sol. Après le premier jour, je ne me suis jamais aventurée seule dans cet espace. La faute à la trouille sans doute. Mais cette fois, j'ai envie de comprendre, j'ai besoin d'en savoir plus. Et sur cette entreprise, et sur ce qui nous lie, Anna et moi.

Pssst me devance dans les allées du jardin japonais où je progresse, un peu au hasard, sans aucun autre but que celui de respirer les lieux pour saisir les raisons de son existence. Tout à coup, juste derrière la petite table ronde et les fauteuils où je recevrai, dans quelques heures, un homme prévoyant de passer l'arme à gauche dans un délai d'un mois, je vois la commode. Ouverte. Pour la première fois.

Est-ce un hasard ? une ruse de Liliane ?

À l'intérieur, des centaines de dossiers poussiéreux aux couleurs passées, rangés par année. Le plus vieux date de 1961. Le plus récent de 2016.

J'en prends un au hasard. À l'intérieur, la photo d'une femme souriante reliée par un trombone à un feuillet ligné, recouvert d'une écriture serrée. La même que celle du testament. L'écriture d'Anna.

*« Elle s'appelle Blandine. Elle a 58 ans. Elle aime les balades en forêt au printemps, le champagne, être bien coiffée et l'odeur de son mari quand il rentre du travail. Elle trouve qu'il ressemble à Lawrence d'Arabie. Elle rêve de faire une croisière sur le Nil et de voir les Pyramides. »*

Derrière, une autre feuille où se mêlent plusieurs écritures, des frisottées, des penchées, des serrées, des grossières. Mais toutes expriment un message à la teneur identique :

*« Merci pour ce voyage. »*

*« Maman a enfin vu les Pyramides. Merci pour elle. »*

*« Notre famille vous doit beaucoup. »*

Nouveau dossier.

La photo d'un homme beau comme un dieu, les yeux remplis de joie.

*« Il s'appelle Jean-Paul. Il aura 40 ans l'année prochaine. Il aime la blanquette de veau, les chansons de Jacques Brel, danser et faire l'avion en tenant son fils dans ses bras. »*

Puis, juste après, les messages :

*« Merci pour mon mari. Merci pour nous. »*

*« Mon fils n'aurait pas pu rêver mieux. »*

Et, tout en bas, en lettres capitales mal assurées :

*« Papa, je t'aime. C'était trop bien l'avion. »*

Mon regard se tourne vers les lunettes d'aviateur que j'ai repérées lors de ma venue.

Je parcours ainsi une dizaine de dossiers, tous sur le même modèle : la photo d'une personne sous son meilleur jour, une brève description de sa personnalité et des petits mots doux de la part de proches émus et comblés. Peu à peu, je crois comprendre. Et ça m'arrache quelques larmes d'émotion silencieuse.

J'essuie mes yeux pendant que, assis sur son séant, Pssst m'observe en penchant la tête.

— Tu avais une drôle de maîtresse, bredouillé-je en caressant le haut de son crâne. Et moi, une drôle de grand-tante. Je te promets de faire mon possible pour vous dégotter quelqu'un à la hauteur. Allez viens, on va se coucher.

Il est 3 heures du matin quand j'éteins la lumière du jardin japonais. Dans moins de sept heures, le « client » sera là. En attendant, je vais croiser les doigts pour avoir du réseau. J'ai un billet de train à réserver.

# – 20 –

Mes cernes estompés par un correcteur cache-misère et engoncée dans ma robe noire dont j'ai craqué une des coutures – le stress, sûrement –, j'attends le moment fatidique en déchirant machinalement de petits morceaux de papier. Je suis fébrile.

Le sourire encourageant de Liliane ne suffit pas à me réconforter.

— Vous allez être parfaite, me dit-elle à chaque fois qu'elle me trouve dans son champ de vision.

Avant d'ajouter inexorablement, comme si c'était la première fois :

— Si vous mettiez un peu de couleur dans votre tenue ?

Inexorablement, je souris sans répondre en continuant le démantèlement des pages de mon bloc-notes. Je suis préoccupée. J'ai mal au ventre. Chaque seconde qui passe est une enclume qui pousse mon estomac.

Tout à coup, un bruit. Je bondis de ma chaise. Mon Dieu, comment vais-je gérer ça ?

Je sens que ça arrive. Oh non, pas maintenant.

*Respire respire respire.*

Ça ne marche pas. ÇA NE MARCHE PAS !

*Respire respire.*

Mes jambes ne répondent plus. Je tombe. M'enfonce dans l'obscurité. Les membres comme pris dans un bloc de béton. Je sens les coups de langue frénétiques de Pssst sur mon visage. Je discerne la voix de plus en plus lointaine de Liliane. La douceur de ses mains. L'odeur du talc et de la pivoine.

*Respire.*

Trop tard.

Narcolepsie/Cataplexie : 3 – Emma : 0.

— Emma ! Emma !

La voix de Liliane se rapproche. Je reviens lentement à moi.

— Ça va aller ? s'inquiète-t-elle quand j'ouvre les yeux.

Je me redresse en prenant appui sur le mur. Bafouille :

— Oui, ce n'est rien.

Ses lèvres dessinent une moue perplexe. Tout à coup, une sonnerie retentit. Liliane tourne la tête du côté de la porte, s'alarme :

— Si vous voulez, je lui dis de repasser. On peut reporter si vous n'êtes pas en état.

Pas question, mon train est à 14 heures, je ne le louperai pas. Et ce malaise ne fait que conforter mon idée. Cette existence-là n'est décidément pas pour moi.

— Ce n'est qu'une petite crise de rien du tout, fais-je en m'efforçant d'être persuasive. Ça va aller.

— Je peux lui ouvrir, alors ?

— Oui, s'il vous plaît.

Tandis qu'elle se dirige vers la porte, je souffle sur une mèche récalcitrante, tombée de mon chignon. Puis je me cache derrière le mur.

J'entends Liliane prononcer un bonjour jovial et accueillant. Puis la voix de l'homme. Éteinte et lasse.

— Nous avions rendez-vous, à 10 heures.

Il y a un flottement. Je sens que Liliane hésite. Elle a perdu le fil. Alors je me montre en baissant la tête :

— Oui oui, c'est moi que vous avez eue au télé…

C'est pas vrai. Pas lui…

## – 21 –

Le voleur de M&M's !

Dans un film, personne n'y croirait : trop convenu, tiré pas les cheveux, cliché à fond les ballons, pas crédible. Pourtant, le type se tient bel et bien devant moi, avec son bonnet descendu sur les oreilles, son manteau noir, ses lèvres bleuies par le froid.

Il s'attarde sur mon visage. Paraît réfléchir.

— On s'est déjà vus, non ?

Tu m'étonnes…

À ce moment-là, toute la terreur que j'ai ressentie ces derniers jours à l'idée de ce rendez-vous s'envole, au profit d'un agacement certain. De mon côté, je préfère ne pas trop le regarder, il pourrait surprendre tout le mal que je pense de lui.

— Je ne crois pas non, répliqué-je sèchement en levant le nez, pressée d'en finir au plus vite.

— Je peux entrer ?

Je me décale afin de lui laisser la voie libre. Il me dépasse et s'immobilise, les bras ballants, penaud.

— Venez.

Je le précède dans le dédale des allées du jardin japonais. Nos semelles glissent sur les pierres. Quand je l'invite à prendre place sur l'un des fauteuils, Liliane se penche vers moi et me susurre :

— Désolée, j'ai oublié d'allumer le jardin.

Ah oui. C'est vrai. Eh bien tant pis. À la limite, tant mieux pour moi : pas d'allumage, pas de chants d'oiseaux, pas de cascade, pas de question, pas d'atermoiement, pas d'accessoire, juste l'essentiel, bouclé en un tour de main.

L'homme s'installe sur le fauteuil, face à moi et retire son bonnet qu'il tord dans tous les sens. Liliane propose un café qu'il accepte. Évidemment. Mes joues se gonflent d'exaspération. Je suis face à un spécimen rare de pique-assiette…

— Bien, fais-je.

— Bien bien, répond-il.

— Voilà voilà, riposté-je.

Le temps s'étire, je ne sais pas par où commencer. Pour me donner une contenance, j'attrape un crayon et feuillette l'agenda en le penchant de telle sorte que l'homme ne puisse pas s'apercevoir qu'il est complètement vide. À l'image de mes compétences. C'est lui qui entame la conversation :

— Ça n'a pas beaucoup changé depuis la dernière fois…

— La dernière fois ? marmonné-je, vaguement surprise, le nez dirigé vers mon agenda inutile.

— Oui, je suis déjà venu.

Okay, j'ai saisi, c'est un illuminé qui aime se balader et éprouver le grand frisson dans l'atmosphère hyper tendance des agences funéraires.

— Ah oui ? lancé-je en cherchant Liliane du regard.

— C'était pour mon père.

Je suis stupéfaite. L'homme sourit tristement, les yeux rivés à la table en bois sur laquelle je viens de reposer mon crayon.

— C'est Anna qui s'en était occupée, précise-t-il. Ça fait un bail…

Le message en lettres majuscules « Papa, je t'aime. C'était trop bien l'avion » me revient en mémoire. Je ne sais pas si l'auteur est l'ancien enfant qui se trouve en face de moi – après tout, il ne doit pas être l'unique orphelin de la région –, mais je dois avouer que ce détail me chamboule. J'en oublierais presque cette histoire de M&M's. De ce type émane un je-ne-sais-quoi de poignant. Une mélancolie lointaine, une touchante vulnérabilité.

Il prend une grande inspiration, se redresse sur le fauteuil, lève les yeux pour rencontrer les miens.

— Elle ne travaille plus là ?

— Elle est décédée…

C'est moi qui baisse les yeux à présent.

— Ah, c'est dommage, souffle-t-il.

— Comme vous dites.

Liliane apparaît soudain en haut des escaliers, une tasse dans chaque main. Égarée, elle ne nous reconnaît plus. De l'index, je lui montre sa paume. « Ah oui », soupire-t-elle.

Tandis qu'elle dépose les cafés sur la table, l'homme reprend :

— Donc c'est vous qui avez repris tout ça ?

— Emma est la petite-nièce d'Anna. Elle est formidable, vous verrez, intervient Liliane alors que je vire à l'écarlate et que je m'empresse de changer de sujet pour reprendre le contrôle.

— Donc, vous avez souhaité nous rencontrer…

J'aimerais qu'il finisse ma phrase. Mais non.

— … pour…

Toujours pas ? Allez, quoi, un petit effort.

— … discuter de…

Comment tourner ça ?

— … votre enterrement…

Au moment où je prononce le mot, l'homme se ratatine. Ses doigts se cramponnent au fauteuil. Ses genoux tressautent. Sa peine n'est pas feinte, elle fait mal à voir.

Cette fois, ce n'est pas un jeu, ce n'est pas une question de fantôme, de parquet qui gémit ou de courants d'air froid qui vous tamponnent le dos. C'est sérieux, je suis face à un homme qui n'en a plus que pour un mois.

Il se reprend et prononce, d'une voix métallique, entre autorité et résignation :

— Je veux pouvoir organiser les choses avant pour éviter à ma mère et ma sœur de s'en charger. Ce sera suffisamment pénible pour elles.

Je toussote un « bien sûr » pour expulser le chat qui vient d'élire domicile dans ma gorge, et je replace ma mèche derrière l'oreille. Puis, tout en cachant mes mains sous la table pour ne pas qu'il se rende compte des contorsions idiotes de mes doigts, je prononce :

— Vous avez des envies ?

Ma question sonne affreusement ridicule. Des envies… Il secoue la tête.

— Pas vraiment, admet-il. À vrai dire, je comptais plutôt sur vous…

# – 22 –

— Oh moi, vous savez, c'est plutôt pour vous…

Le claquement d'un des talons de Liliane m'interrompt. Je pivote dans sa direction. Elle esquisse de petits gestes vers la commode. J'opine du chef, j'ai compris. Je corrige le tir :

— Mais on va essayer de guider tout ça…

Là-dessus, je tire une des rares feuilles intactes de mon bloc-notes et commence à interroger l'homme de manière à récupérer les informations dont mon successeur aura besoin.

— Quel est votre prénom ?

— Grégory.

— Votre âge ?

— Trente-deux ans.

— Qu'est-ce que vous aimez ?

— C'est vaste.

— Je sais, mais c'est… la procédure.

La procédure ? La procédure ? Je viens réellement de lui sortir un truc pareil ?

— J'aime… euh…

Le pauvre patauge dans la semoule. Je l'encourage.

— Allez-y, n'importe quoi qui vous passe par la tête fera l'affaire.

Une pause, un silence gêné.

— Je suis désolé, rien ne vient, concède-t-il finalement, vaincu, en bougeant lamentablement la tête de droite à gauche.

Je ne connais rien à son histoire, mais il paraît si esquinté que j'en ai les larmes aux yeux. Une envie folle me pousse alors à vouloir le serrer contre moi en lui promettant que tout ira bien. Une envie que je réprime bien sûr.

— Je vais commencer. Ça vous fera un exemple.

Je place mon crayon entre les lèvres, gonfle mes joues, regarde en l'air, reste en apnée une seconde. C'est vrai que c'est un exercice difficile.

— Alors, alors, moi, j'aime euh… mon canapé. C'est un tout petit canapé, mais il est très confortable, vous voyez, avec des coussins déhoussables, c'est pratique pour la machine à laver.

Un effort, Emma, il n'a sûrement pas besoin de cette avalanche de détails. Fais travailler tes neurones. Je scrute le décor dans lequel nous sommes assis, à la recherche de l'inspiration. Je continue :

— J'aime le bruit de l'eau qui s'écoule, annoncé-je en louchant vers la cascade asséchée. J'aime regarder des vidéos de chiens sur *YouTube*. J'aime dormir avec le yorkshire qui est juste derrière vous et qui ronfle comme un sonneur.

J'ai l'impression que l'homme se détend. Qu'il m'écoute. Je le sens plus proche tout à coup.

— Ah oui, et j'aime aussi les M&M's.

Pan, dans tes dents. Parce que bon, faut pas charrier. Ma mère dirait que je ne perds pas le nord. Elle aurait raison.

Son visage s'éclaire. A-t-il saisi l'allusion ? Je suis contente de moi, même si, compte tenu des circonstances, c'est une victoire peu reluisante.

— À vous ! jeté-je maladroitement, comme si nous étions en pleine partie de Uno.

— J'aime… j'aime… la musique…

— Un genre en particulier ?

— Du jazz, de la pop… Je joue un peu de tout.

— Vous êtes musicien… Parfait parfait, marmonné-je en prenant des notes.

— Le bois. J'aime bien l'odeur et la texture du bois.

— L'odeur et la texture du bois, d'accord. Autre chose ?

— Visionner mon film préféré.

Je soulève la mine de crayon.

— Qui est ?

— *La Cité de la Peur.*

Vu sa mine blême et son air de porter la misère du monde sur la tête, je n'aurais pas parié un kopek sur une comédie. A fortiori sur ce genre de comédie.

— Je ris à chaque fois, se justifie-t-il.

Tandis que je note tout ça, je ne peux m'empêcher de visualiser l'enterrement étrange que ces éléments combinés pourraient donner : le film projeté à une assemblée hilare puis un concert de Lady Gaga. Dans le cercueil, l'homme timide qui regarde à présent ses souliers. À cette pensée, un frisson dévale mon dos. Décidément, je ne m'y fais pas.

— Et des rêves ? Vous en avez ?

Je me morigène : bien sûr qu'il en a, tout le monde en a.

— Non.

— Mais enfin, je suis sûre qu'en cherchant un peu, vous devriez en trouver. Moi, par exemple, si demain tout était possible, j'irais sur la muraille de Chine et je tenterais une expédition sur l'Himalaya.

— Qu'est-ce qui vous en empêche ?

— Vertige.

— Ah. Forcément.

Je confirme :

— Forcément.

— Vous avez le vertige, mais vous aimez la hauteur…

Je hausse les épaules.

— Je la déteste. Mais il paraît que ça aide parfois à donner de nouvelles perspectives. D'en haut, tout paraît plus petit, même les soucis. Alors, et vous ? Il y a forcément quelque chose qui vous intéresse, quelque chose que vous adoreriez faire si on vous en offrait la possibilité. Faites un effort, un rêve, même un tout petit. Ça m'aiderait pour…

Je me mords les lèvres. Au pays de la bourde, je ne suis pas très loin du trône.

— Des regrets, des remords, oui. Mais des rêves, non, je n'en ai pas.

Sa réponse a fusé et elle m'a coupé le sifflet.

— Une photo peut-être ? hasardé-je d'une voix faible.

Il s'exécute et extirpe de son portefeuille une photo d'identité qu'il me tend en arborant la même tête triste que celle sur papier glacé.

Je passe de l'homme à la photo, et de la photo à l'homme. Je vois une mine affligée par un profond vague à l'âme, un regard fourbu où planent un mystère, une beauté aiguë et douloureuse. Cette image me chiffonne. Quant à l'homme derrière, je dois admettre qu'il me bouleverse.

Et tout à coup, je me souviens. Dans tous les dossiers que j'ai compulsés, il n'y avait que des sourires. Pas l'ombre d'une ombre.

— Vous n'avez pas quelque chose de plus…

— Joyeux ?

Le fait qu'il le prononce lui-même me tire d'un sacré embarras.

— Je me rappelle que c'est ce qu'Anna avait demandé à ma mère à l'époque. Une photo « joyeuse » de mon père. Ma mère avait dû retourner la maison pour en trouver une. Ce n'était pas facile, parce que les derniers temps, mon père ne souriait pas beaucoup.

Un voile sombre passe sur son visage. Est-ce qu'il me raconte tout ça parce qu'il a besoin de s'épancher ? ou seulement pour combler les vides d'une conversation ordinaire avec une professionnelle ?

— Il était malade ? ne puis-je me défendre de demander, tout en maudissant ma curiosité hors de propos.

Il hoche la tête, le regard perdu sur la laque blanche de la table ronde.

— Malade, oui. Si tant est qu'on puisse être malade d'amour. Et puis, le temps était venu. C'est comme ça, chez nous : dans la famille, les hommes ne tiennent pas le coup au-delà de 40 ans. On croit toujours qu'on passera à travers les mailles du filet et puis on réalise que non, que c'est implacable, que la malédiction se répète, qu'on n'est pas fait pour le bonheur. Comme si c'était dans nos gènes et qu'on avait reçu le chagrin en héritage.

J'ai peur de comprendre... L'homme compte mettre fin à ses jours et il me l'annonce avec une simplicité désarmante. Je déglutis. Je me sens affreusement bête. Alors je réponds, parce qu'il faut bien répondre quelque chose et lutter contre le silence qui menace :

— Ah, les héritages...

Il esquisse un sourire dans le vague. Un sourire d'où ne sourd que le spleen.

— Sinon, en photo, j'ai ça aussi.

Il pose son permis de conduire sur la table. Une capture en noir et blanc où un jeune homme de 18 ans à peine fixe et provoque l'objectif avec une arrogance poussée et risible.

Je mets fin à l'entrevue en promettant que quelqu'un de la société l'appellera pour lui présenter un projet. Il remet son bonnet et s'en va, courbé, dans la grisaille. Et moi, avec mes feuilles à la main et la photocopie de ses photos, je suis désemparée.

Je fouille dans mon sac que j'ai pendu à la poignée de la porte. Y cherche un mouchoir. Découvre un paquet de M&M's neuf.

Un paquet de M&M's neuf ?

Mon cœur manque un battement quand un éclair de lucidité me harponne.

Quelle idiote ! Quelle confusion ! Quel malentendu ! La honte ! Ce n'est pas lui qui s'est servi dans mon paquet, c'est moi qui lui ai piqué ses bonbons ! Et dire que pendant tout ce temps, j'étais persuadée qu'il n'était qu'un voleur de bas étage, alors que c'était moi qui dévorais sans scrupule ce qui ne m'appartenait pas. Et lui, non seulement il ne m'a rien reproché, mais en plus, il m'a tendu son paquet avec une grande générosité. Quand je songe à la scène sur le banc de Saint-Sauveur, à son visage, aux noms d'oiseaux que je n'ai pas osé proférer, mais que j'ai pensé si fort qu'ils ont dû forcément lui égratigner le crâne, je suis fissurée de honte. Et en plus, il veut se suicider…

Alors que j'aimerais trouver un petit trou pour enfouir mon infamie jusqu'à la fin des temps, Liliane s'avance et pose sa main sur mon bras.

— Vous avez été très bien.

Je hausse les sourcils.

— Ouais. Bof…

— C'est pas facile, n'est-ce pas ?

Non. Ce n'est pas facile. Mais mon train est à 14 heures. Il faut que je le lui dise.

## – 23 –

*Mains dans les poches, l'homme marche dans l'herbe humide. Son cœur est un peu plus léger. Mais il ne s'attend pas à ce que ça dure. D'ailleurs, ça s'arrête assez vite. Des hauts, des bas, il n'est plus pétri que de ça depuis que son épouse a levé l'ancre.*

*Parvenu chez lui, il hésite entre ne rien faire et songer à ce qu'était son existence avant qu'elle parte en morceaux, ou occuper ses mains et son esprit pour donner du répit à son cœur et mettre ses idées noires à distance. Il finit par saisir une chaise en fer et la positionne sur les tommettes de la terrasse, face au soleil. Puis il prend un morceau de bois et son petit couteau. Il n'a aucune idée de ce qu'il va fabriquer, il laisse venir. Au fil des tailles, une forme se dessine. On dirait une fleur. Soudain, son doigt dérape.*

*Il jure. Tout en maugréant contre sa maladresse, il se rend dans la salle de bains. Là, il passe son index meurtri sous l'eau puis sous un filet d'alcool à quatre-vingt-dix qui lui arrache un gémissement. Ensuite, il enroule un pansement autour de son doigt. Et songe à elle, forcément, qui, l'an dernier, entourait amoureusement son doigt d'un bandage. Comme aujourd'hui, il était assis sur le rebord de la baignoire. Comme aujourd'hui, il s'était entaillé le doigt en voulant sculpter.*

*Quand il retourne à son poste, il se rend compte que la fleur en bois est tachée de sang.*

*Poubelle.*

# – 24 –

Liliane a écrasé une larme. Maurice l'a prise dans ses bras et il a maugréé que c'était dommage, mais que c'était moi qui voyais. J'ai dit que j'étais désolée, ils m'ont répondu d'accord.

Ils n'ont pas cherché à me retenir.

— Et vot'train ? Il part d'où ? m'a questionnée Maurice.

J'ai vérifié sur le billet électronique que j'avais reçu par mail et que je m'étais empressée de télécharger avant que le réseau ne s'échappe.

— Cosne.

— Je vais vous emmener.

J'ai préparé mon tout petit sac de voyage qui ne comportait que de quoi tenir un jour ou deux, plus la robe noire aussi étroite qu'un tube à essai ; j'ai fermé la porte de ma chambre, descendu les marches, regardé une dernière fois le vestibule et cette maison qui m'avait tant fichu la trouille et qui ne m'appartiendrait jamais.

Dans le jardin, pendant que Maurice faisait chauffer le moteur de l'utilitaire, j'ai embrassé la joue de Liliane qui sentait toujours le talc et la pivoine, et je lui ai remis les clés de la maison. J'ai détourné le regard dès je me suis aperçue que ses iris verts étaient empreints de tristesse et d'incompréhension. Je me suis perdue dans des justifications vaseuses qui n'ont convaincu personne : « Je dois reprendre mon poste à Mégaprix » ; « Marion m'attend et elle va très mal » ; « J'ai un problème de dos qui m'empêche de rester loin de mon kiné trop longtemps » ; « Je suis allergique au pollen et je risquerais l'embolie pulmonaire si je passais le printemps ici » ; « Ma mère est malade et son pronostic vital est engagé depuis tout de suite », etc.

J'ai appelé Pssst pour lui dire au revoir. Je l'ai cherché. Je ne l'ai pas trouvé. Je me suis résignée.

J'ai jeté un dernier regard au charme et au troupeau de saules pleureurs, à l'herbe verte, à l'allée de graviers blancs, aux boules posées sur le sol. J'ai tapé des mains pour être sûre de n'avoir pas rêvé, comme une fillette qui ressent le besoin de s'amuser une dernière fois avec le jouet qu'elle vient de vendre à la brocante. Ma poitrine s'est serrée à l'instant où les lampes se sont allumées.

Je me suis ensuite hissée dans la camionnette de Maurice. J'ai adressé un signe de la main à Liliane qui était occupée à essuyer ses paupières. Et j'ai observé la propriété qui rétrécissait à mesure qu'on s'en éloignait, et le toit de la tourelle que les arbres avalaient peu à peu.

J'ai calé ma tête contre la ceinture de sécurité pendant que Michel Sardou crachait dans les enceintes ses *lacs du*

*Connemara* et sa *maladie d'amour*. Malgré la musique, il n'y avait que du silence entre Maurice et moi. J'étais bien plus touchée que je ne l'aurais imaginé.

Après quarante-cinq minutes de trajet, je suis descendue de l'utilitaire sur le parking de la gare quasi désert. Déconfite, je me suis laissé embrasser sur les deux joues par le vieil homme qui s'est dépêché de remonter dans son véhicule.

À présent, je suis sur le quai, au milieu des courants d'air et des pylônes électriques, en train de rajuster ma doudoune. J'ai froid.

En fouillant dans mon sac à la recherche de mon téléphone, je me rends compte que j'ai emporté par inadvertance les éléments du dossier de Grégory. Liliane en aura besoin. Il faudra que je lui renvoie par la poste dès mon arrivée à Paris.

Pour tromper l'ennui, je m'attarde sur mes notes. « Musique », « odeur et texture du bois », « *La Cité de la Peur* », « Pas de rêves » surligné deux fois. Tombe alors la photocopie où sont rassemblées les deux photos. Elle s'envole. Je cours après. La ramasse prestement.

Malgré moi, mon regard traîne sur le jeune Grégory de 18 ans. La prunelle étincelante. Le sourire ravageur et sûr de lui. L'avenir en forme de promesse.

Puis sur l'autre, celui de l'homme brisé d'aujourd'hui, le regard à la dérive. Où est passée son assurance ? Quel genre d'épreuves peut ruiner tant d'enthousiasme ? Dans quel torrent l'espoir s'est-il noyé ?

Le train arrive soudain dans un raffut de métal. Quelques personnes en descendent, d'autres, plus rares, s'y engouffrent.

Dans un mois, il ne sera plus là.

Dans un mois.

— Mademoiselle, vous montez ? m'enjoint le chef de gare.

Je voudrais lui répondre, lui dire : « Oui oui, j'arrive, juste le temps de remballer mes affaires et je grimpe. » Direction Paris, direction ma vie.

Mais je suis paralysée.

Un mois.

Et si ce n'était pas inéluctable ? Un mois, ça laisse du temps. Un mois. Ça vaut le coup d'essayer.

Coup de sifflet. Le train se met en branle.

Sans moi.

Le train prend de la vitesse. Les wagons défilent à toute allure. Le vent cingle mon visage.

Je me mords les lèvres, attrape mon sac que j'avais posé grand ouvert sur le sol, y range les photos et les notes, le mets sur mon épaule et arpente le quai jusqu'à la sortie…

C'est l'histoire d'une fille qui fait tout de travers. Jusqu'à foutre en l'air l'héritage de sa grand-tante.

L'histoire d'une fille qui, pour relancer une entreprise de pompes funèbres, décide de saboter l'enterrement de son seul et unique client.

Je crois que je prends du galon : au royaume de la bourde, me voilà promue reine indéboulonnable.

# – 25 –

Le taxi se montre enfin, après une heure d'attente.

— Faut pas être pressée, rit le chauffeur en m'ouvrant la portière.

Mes doigts, qui se sont mués en congères, ne partagent pas son sens de l'humour. Ni mon nez ni mes oreilles d'ailleurs, qui sont plus froids que des colins surgelés.

L'homme, la cinquantaine, petit ventre au-dessus d'une ceinture à boucle dorée, trapu, s'installe derrière son volant et engage la conversation. De mon côté, je resterais bien murée dans mon silence pour réfléchir à la décision que je viens de prendre.

Enfin, que je viens de prendre, c'est vite dit. Qui s'est imposée à moi, plutôt.

— Vous allez voir de la famille ? m'interroge-t-il pour faire causette.

J'acquiesce. Oui. De la famille.

— Ils vont être contents, fait-il en me souriant dans le rétroviseur central.

Un pincement gratouille mon cœur.

— J'espère.

Je pense à Liliane, au fait qu'elle aura sans doute oublié mon départ. À cet éternel recommencement.

— Ils ne pouvaient pas venir vous chercher à la gare ? demande-t-il.

— Ils ne sont pas au courant de ma venue, c'est une surprise…

— C'est bien les surprises, c'est le sel de la vie, n'est-ce pas, mademoiselle ?

— Peut-être, répliqué-je sans conviction.

Alors que je m'embrouille dans un tas de questions existentielles, Abba s'invite dans l'habitacle. Mon téléphone. Marion.

— *Allô ? Emmaaaa ! Tu es dans le train ?*

— Oui. Enfin non, pas vraiment.

— *Je ne comprends rien, oui ou non ?*

— Plutôt non. J'ai changé d'avis.

Je vois d'ici ses sourcils froncés.

— *Quoi ? Mais pourquoi ?* s'écrie-t-elle dans l'inspiration d'une bouffée de vapote. Parfum mentholé vu l'heure.

— Parce que j'avais quelque chose à faire…

— *Mouais, tu es bien mystérieuse d'un coup… En clair et sans décodeur, ça donne quoi ?*

— Si tu avais la possibilité de sauver quelqu'un, tu le ferais, n'est-ce pas ?

Aussitôt que je prononce cette phrase, je réalise l'écho terrible qu'elle revêt dans l'histoire de mon amie. D'ailleurs, Marion se rembrunit aussitôt. Sa voix se fait tranchante.

— *À ton avis ?*

— Pardon, je n'ai pas réfléchi.

— *Bon. Alors, dis-moi, tu as enfilé ta cape de* Wonder Woman *pour voler au secours de la population indigène ? Tu comptes lutter contre la prolifération des sauterelles dans les champs de tournesols ? contre le réchauffement climatique sous les serres des tomates cerises ? Allez, raconte, c'est quoi, ton plan ?*

Je hausse les épaules, ce que bien sûr, elle ne peut pas voir. Je ne m'offusque pas de ses railleries. Je la connais par cœur : elle a beau tourner en dérision ce que je lui raconte, c'est l'inquiétude qui la commande.

— C'est difficile à expliquer. J'ai la sensation que je peux faire quelque chose d'important pour quelqu'un, mais je ne sais pas encore comment je vais m'y prendre.

— *Donc pas de plan.*

— Non, pas de plan. Mais je cherche. Et je vais trouver.

Elle ne répond pas tout de suite. Je peux presque sentir les chatouilles de vapeur mentholée autour de moi.

— *Dis donc, c'est la première fois que je te sens aussi sûre de toi. Quelque chose est en train de changer au fond de ce bidon plein d'angoisse. J'ai l'impression que l'oisillon est en train de prendre son envol.*

Je regarde dehors : le bitume avalé par le taxi, les champs vallonnés à perte de vue, les rayons du soleil trouant la grisaille. C'est vrai. Moi aussi, je pressens que je suis à l'aube d'un renouveau que ma narcolepsie ne pourra pas arrêter.

— *Fais gaffe de pas de casser la figure, Titi*, ajoute-t-elle après une pause.

— C'est le problème quand on s'envole, rétorqué-je avec une force de persuasion que je ne me connais pas. Il faut parfois se casser une patte avant d'y arriver.

Je raccroche et laisse voguer mon regard sur le paysage qui se déploie devant moi. La voix du chauffeur me tire de ma rêverie :

— Vous avez raison.

— Quoi ?

— Pardonnez, hein, je suis curieux, et pis j'entends les conversations, je ne peux pas m'empêcher d'écouter. C'est une déformation professionnelle, quoi.

Il rit avant de continuer :

— Bref, je vous ai écoutée et j'ai trouvé que c'était bien vrai ce que vous racontiez. Quand on s'envole, il faut pas avoir peur de se faire mal. Le problème, c'est que si on se casse une aile, vous voyez, on s'envolera jamais. Il faut y aller mollo. Et regarder les autres faire. Voir ce qui fonctionne pour eux. Prendre modèle. C'est comme ça que les oiseaux apprennent à voler. Ils miment leurs parents, ils testent et ils élaborent leur propre technique. Le bonheur, c'est tout pareil. Il faut tester pour voir ce qui nous correspond.

Les paroles anodines de l'homme percutent mes pensées. Il ne le soupçonne pas, mais il vient de me donner un début de solution : je crois que je sais comment faire pour que Grégory remonte à la surface.

J'en ai la chair de poule.

# – 26 –

Le taxi me dépose devant le portail ouvert. Pour la première fois, je me rends compte que la rouille a attaqué la peinture par endroits. Le bas est couvert de branchages et assailli de mauvaises herbes, comme si personne n'avait fermé depuis belle lurette et que la nature, lassée d'attendre que quelqu'un s'en préoccupe, reprenait doucement ses droits.

Liliane est au fond du jardin, occupée à étendre du linge sur le fil. Les draps dans lesquels j'ai dormi. Et d'autres choses aussi. Je me dirige vers elle. Mes pas battent la mesure de mon cœur. J'ai peur qu'elle m'envoie paître.

— Liliane… susurré-je en lui touchant l'épaule.

Elle lâche la pince à linge qu'elle tenait entre ses doigts, pousse un petit cri de surprise avant de pivoter dans ma direction et de m'offrir un regard brumeux.

— C'est moi, c'est Emma…

Elle fronce les sourcils et déchiffre les mots inscrits sur sa main, que l'humidité de la lessive a presque effacés.

« Emma. Arrivée. Refusé. Repartie. Clés dans la poche. Les rendre au notaire. » Elle relève la tête, indécise.

— Vous avez changé d'avis… bredouille-t-elle en puisant le trousseau de clés enfoui dans sa poche.

Jailli de nulle part, Pssst glapit contre mon mollet. Lorsque je me relève, je remarque parmi ce que Liliane est en train d'étendre un chemisier qui m'interpelle.

— Je continue à laver le linge d'Anna. Ça me fait du bien, vous voyez, j'ai l'impression qu'elle est encore là…

Ce chemisier…

J'étais en troisième au collège Ambroise Croizat. Plutôt bonne élève, disciplinée, faussement délurée quand j'étais avec mes copines comme la plupart des gamines à cet âge alors qu'au fond, j'étais plutôt réservée et timide.

Hélène – c'était le prénom de la meneuse – avait eu l'idée de me faire passer une série de tests pour que je puisse intégrer son petit groupe de filles populaires. Cette semaine-là, il m'avait été proposé/vivement conseillé/imposé de voler quelque chose dans le Séphora situé à quelques encablures de notre établissement scolaire. C'était, d'après Hélène, l'ultime épreuve. Celle qui allait définitivement sceller mon appartenance à leur clan. Celle qui allait révéler mon courage, ma motivation et ma loyauté. Une formalité d'après elle, étant donné que j'avais déjà relevé haut la main les défis précédents.

La peur au ventre, j'ai pénétré dans le magasin où flottait un mélange d'odeurs entêtantes. J'ai feint de m'intéresser aux parfums, vaporisant un peu du contenu des flacons testeurs sur des lamelles en carton, avant de les jeter aussi sec dans le réceptacle doré, esquissant une grimace à chaque fois pour tromper la vigilance du gardien, une armoire à glace gominée qui me suivait du coin de l'œil. Puis je me suis intéressée au rayon maquillage, ouvrant et fermant les mascaras, les rouges à lèvres, les palettes de fard à paupières. Dès que l'homme a eu le dos tourné et après m'être assurée qu'aucune des vendeuses ne s'attardait sur mon cas, j'ai saisi un gloss brillant à la vanille et l'ai enfoui dans le petit sac à main que je tenais en bandoulière. Je me suis ensuite dirigée vers la sortie au pas de course. Mon cœur cognait jusque dans mes tempes, une suée glacée sinuait entre mes omoplates et contrebalançait l'échauffement qui me cuisait les joues. Tout cela sous les regards brillants et amusés de l'attroupement de petites nanas, emmenées par Hélène, qui patientaient près de l'escalator. J'étais près d'atteindre la sortie quand une pogne géante s'est posée sur mon bras.

— Je crois que vous avez quelque chose dans votre poche…

Devant mes yeux écarquillés par la frousse, ma vie future défilait : je voyais ma mère, hurlant contre le déshonneur que lui imposait son ingrate de fille, mon père baissant la tête d'un air désolé, la prison, les dortoirs et les puces de lit, les douches froides sur le carrelage dévoré de moisissure, mon existence brisée à quelques centimètres seulement de la sortie du Séphora. J'ai lancé un regard implorant aux filles qui se tenaient devant l'escalator. Elles se sont envolées comme une nuée de mouches.

— Ah, tu es là ! soupira une voix féminine à côté de moi.

Je me suis retournée prestement pour découvrir une femme maquillée comme un camion, vêtue d'une jupe aubergine improbable et d'un chemisier crème.

Identique ou presque à celui qui pend, sur le fil à linge, dans une bonne odeur de lessive.

— Je m'inquiétais, où étais-tu passée ? a-t-elle poursuivi à grand renfort de gestes.

La perplexité m'empêchait de parler. Que me voulait cette dame ?

— Elle est avec vous ? s'est enquis l'agent de sécurité avec une mine soupçonneuse.

— Évidemment, avec qui voulez-vous qu'elle soit ! a répondu la femme sur un ton qui ne souffrait aucune contestation. Allez viens, on va payer !

Elle m'a entraînée vers la caisse sans que je réagisse et, tandis qu'elle réglait l'affreux gloss que j'avais tenté de subtiliser, la déception d'avoir été abandonnée par celles que je crevais de séduire m'a submergée. Une larme silencieuse a roulé sur ma joue au moment où la femme m'a tendu le paquet.

— Les vrais amis n'ont pas besoin de preuves pour se reconnaître, a-t-elle chuchoté.

Puis elle est partie sans ajouter un mot. Mes larmes se sont alors taries à mesure que ces paroles faisaient sens et que je prenais conscience qu'Hélène et sa horde de harpies ne seraient jamais là pour moi. Cette femme avait raison, l'amitié n'est pas un sentiment que l'on force ou que l'on achète avec un stupide gloss.

Je souris en repensant à cette scène et à ces rencontres qui peuvent changer une existence en une seconde. Devant ce chemisier humide, je songe que la vie est décidément pleine de clins d'œil. Si j'avais besoin d'un signe pour m'indiquer que je suis dans la bonne direction et que revenir était la seule décision possible, je n'aurais pas pu rêver mieux.

— Dites, demandé-je à Liliane quand, quelques minutes plus tard, je termine de reprendre possession de ma chambre, vous me raconteriez les enterrements les plus extraordinaires qu'Anna et vous avez organisés ?

Elle esquisse une moue ravie et prend place sur le lit.

Liliane est intarissable, si bien qu'à 6 heures du matin, alors que le jour s'avance dans les interstices des volets vermoulus, nous ne dormons pas. Nous avons des images plein la tête : Liliane me narre par le menu les sourires des proches ; je les imagine et ils me comblent. Partout autour de nous flottent les regards oscillant entre chagrin et bonheur, les hommages que ma grand-tante muait en festival, les adieux qui devenaient des au revoir, sublimés par la magie d'Anna. Tandis qu'elle me fait revivre l'épopée de ces enterrements magiques, les idées fusent dans ma tête.

Quelques heures plus tard, Maurice me conduit à la bibliothèque municipale de Saint-Sauveur. Là, je m'installe devant l'ordinateur mis gracieusement à disposition des administrés. Pendant plusieurs heures, je surfe, choisis, imprime et range les pages dans les pochettes en plastique d'un porte-vues.

Dès que nous regagnons la maison, je passe quelques coups de fil rapides tout en m'efforçant d'apaiser la perplexité que je vois poindre chez Liliane. Non, le budget n'est pas un problème. Oui, c'est assez urgent. Et non, je ne vais pas faire couler la baraque.

Ou peut-être, même sûrement d'ailleurs, mais ça vaut la peine. Mais je me garde bien de le lui dire.

Enfin, j'appelle le principal intéressé : « J'ai étudié votre dossier et j'ai plusieurs options à vous proposer. Retrouvons-nous Chez Anna demain matin. »

Je raccroche, immobile, le cœur marmelade, les doigts sur la couverture en plastique vert tendre du porte-vues, les yeux rivés sur le fauteuil vide dans lequel Grégory s'assiéra demain.

Une chaleur étrange s'empare de moi. C'est un défi de taille que je m'apprête à relever.

## – 27 –

*Alors qu'il va pénétrer dans le bar, l'homme s'arrête devant la porte. Il pense à la jeune femme et à sa voix, à la fois timide et résolue. Il ne peut s'empêcher d'esquisser un sourire quand il songe à sa maladresse, à son teint pâle rehaussé par sa robe noir charbon, à ses joues qui rougissent aussi vite que celle d'une fillette prise en flagrant délit de vol de friandises.*

*Mais son existence est un puits sans fond et son cœur s'effrite. Alors il ne va pas jusqu'à penser qu'il est content de la revoir bientôt. Pour être content, il faut attendre quelque chose. Or lui n'attend plus rien. Même plus de leurs nouvelles : il n'en aura pas. Ses enfants grandiront loin de lui, sa femme dansera dans d'autres bras, il sera la tache sur le linge de leur souvenir. Quand il songe à l'oubli, il frissonne. Ses fils ne garderont rien de lui. Cette conviction le casse un peu plus.*

*Un nuage passe et amène avec lui une brise glaciale qui le pousse dans la salle. Aussitôt, la touffeur de l'air le saisit : à l'intérieur, c'est une vraie fournaise. Les vapeurs d'éthanol familières et les bruits des faïences claquées contre le zinc offrent à son esprit un peu de repos. Dans ce café, l'homme a ses repères.*

*Du bar, Martial le salue en faisant glisser un verre d'alcool vers Paul, un habitué. Ce dernier lève un regard morne et, d'un geste du menton, signifie qu'il boira ce verre à sa santé. « À la tienne ! »*

*Le jeune homme fait la grimace. La veille, il avait fallu sortir Paul du bar parce qu'il ne pouvait plus marcher. Comme celui-ci est un grand gaillard, lourd et pataud – tout son contraire en somme –, Martial et lui avaient dû batailler sec pour le porter jusqu'à la sortie. Il ne tient pas l'alcool, mais ça ne l'empêche pas de boire plus que de raison. Alors, un soir sur deux, c'est le même refrain, il faut lui montrer le chemin.*

*Comme tout le monde, Paul a ses raisons. Lui, c'est à cause de l'accident qui l'a amputé de la main droite. C'était il y a trois ou quatre ans. Il gratte tous les soirs de sa main valide des croix sur un carnet. Un jour, une croix. Paul était droitier. Depuis son accident, il ne sait plus écrire. Il aurait pu faire l'effort d'apprendre à utiliser sa main gauche ; avec de la patience et un peu d'application, il aurait pu à nouveau faire ses comptes et recopier des poèmes à la jeune fille qu'il convoitait, comme il le faisait avant. Mais ce jour-là, il n'avait pas perdu que sa main. Sa volonté était aussi tombée dans les tranchées de son champ, telle une mésange épuisée qui se meurt dans la boue.*

*À l'époque, l'accident avait fait du grabuge : Paul était une institution à Saint-Sauveur, tout le monde le connaissait. À l'école, c'était un gamin à la tête dure qui enchaînait les bêtises comme des perles sur un collier. Plus tard, il est devenu un homme brutal à qui personne n'osait chercher querelle. Paul, il valait mieux être son ami que son ennemi, murmurait-on dans le voisinage. Après l'accident, la rumeur a couru que ce n'en était peut-être pas un. On avançait des hypothèses : la revanche froide d'un mioche humilié dans la cour de récré dix ans auparavant, une dispute avec son père – cette vieille brute –, qui aurait mal tourné ou, encore, le coup de nerfs du fiancé de la jeune femme qui n'appréciait pas que Paul insiste avec ses poèmes.*

*Finalement, personne n'a jamais su ce qui s'était vraiment passé ce jour-là. Et, comme c'est souvent le cas, les rumeurs ont gagné, chacun piochant la version qui excitait le plus son imagination.*

*Depuis, Paul picole. Quand il est ivre, il est presque content. Presque. Parce qu'il y a toujours un voile sombre dans le fond de ses pupilles dilatées par la boisson.*

*Le jeune homme trouve ça triste. Quand il regarde le Paul ivrogne et qu'il le compare avec le Paul arrogant et grivois de sa mémoire, il ressent une insondable tristesse. L'humanité est un drame permanent. C'est à se demander comment tourne le monde.*

*Lui aussi, d'ailleurs, pourrait se réfugier dans l'alcool. Se noyer dans le cognac ou la piquette, attendre que ça passe et, qui sait, voir de temps en temps la lumière. Mais il n'en a pas envie. Même l'envie d'avoir envie a déserté son âme. L'obscurité est une gangrène.*

*Il avance vers l'estrade où l'attend le piano, tandis que, derrière, le carillon de la porte d'entrée tintinnabule. Des inconnus le poussent, il reçoit des petits coups d'épaule.*

*C'est l'heure, ils arrivent, le concert va commencer. « Ils viennent de loin », dit toujours fièrement Martial, satisfait que la réputation de son troquet dépasse les frontières de la petite ville.*

*Mais Martial ne va pas être content. Le répertoire ne sera pas celui qu'escompte le tenancier. Pas de jazz, pas d'airs entraînants.*

*« Encore tes trucs déprimants… soupirera tout à l'heure son patron d'un air mauvais. Les gens viennent chercher du bonheur. Et moi, je te paie pour ça. Fais-les danser, nom de Dieu ! »*

*Ce soir, l'homme s'en fiche, il a décidé de jouer pour elle et uniquement pour elle. Leur musique. En boucle. Celle sur laquelle ils se sont rencontrés, dans un bal du 14 juillet. Une mélodie désuète,* La vie en rose. *Celle sur laquelle ils ont calé leur bonheur.*

*Pas pour la faire revenir : ça, il n'y compte plus désormais, l'espoir s'est fait la malle. Mais pour que la musique lui parvienne, par un biais quelconque : télépathie, superposition d'impressions, sentiment vague, frissons dans le dos.*

*Combien de fois a-t-il scruté la lune en espérant que son épouse et ses fils la regardent en même temps et qu'ainsi, pour une fois, leurs regards convergent dans une direction commune ? Trop, trop de fois.*

*Il monte sur l'estrade. Le bois du parquet craque sous ses chaussures en cuir. D'un geste expert, il recule le tabouret et s'y installe. Il ne pose aucune partition sur le socle, il n'en a pas besoin, il connaît ce morceau par cœur. Il soulève le couvercle du piano, caresse les touches, réprime un gémissement de douleur quand son doigt meurtri appuie sur le La, le Sol, le Mi bémol. Dans la salle, quelques toux de-ci de-là. Puis le silence se fait.*

*Il positionne son pied sur la pédale tandis que le pansement, autour de son index, se gorge du sang de son entaille mal cicatrisée. Et il joue. Avec ses doigts, avec son cœur, avec son être. Il joue comme il a vécu auprès d'elle, auprès d'eux. Il joue et revoit la robe tournoyante de sa femme, leur mariage, ses fils qui gambadent dans le jardin de la maison. Il joue leurs premiers pas, il joue leurs premiers sanglots, il joue les jouets en bois qu'il leur sculptait pour Noël, il joue les disputes, le gâchis, les remords et les regrets.*

*Il joue. Et il pleure. Mais personne ne le voit. Quand il relève la tête, les clients ont vidé les lieux. Ne reste plus que Martial, fatigué à l'avance des réprimandes et des menaces qu'il va proférer, et Paul, qui roupille debout, la tête sur le comptoir.*

*Alors qu'il se redresse, le voilà qui se remet à penser à l'étrange jeune fille en noir. Et à la tristesse qu'elle a aussi au fond des yeux. Et à ce qu'ils se diront demain, quand ils se verront. Peut-être qu'il l'attend finalement.*

# – 28 –

Je suis assise sur le fauteuil, raide comme la justice, en train de me grignoter le bout des phalanges et d'entortiller mes cheveux lâchés, vêtue de ma robe noire que j'ai égayée de quelques touches de couleur. J'ai envoyé valser mes scrupules et emprunté une paire de boucles d'oreilles à Anna. Après tout, c'est pour la bonne cause.

Devant moi, sur la table, le porte-vues. Et, sur le porte-vues, une mouche qui bourdonne. Sous la table, mes cuisses tressautent. Je pensais que savoir quoi faire me détendrait. En fait, c'est pire. Parce que savoir quoi faire ne veut pas dire que ça fonctionnera. Et si ça rate… Non, je refuse d'y penser.

La sonnette retentit. Je me redresse comme si je venais de recevoir une décharge électrique et jette un rapide coup d'œil pour vérifier que tout le monde est en place.

Pssst est là, au garde-à-vous sur ses quatre pattes, la queue plus vive qu'un éventail en pleine canicule.

— Maurice ? chuchoté-je en direction de la salle réservée à la préparation des défunts.

— Je suis là, c'est bon.

Bien, il se tient prêt.

Liliane aussi est à son poste, près de l'interrupteur qui commande la mise en marche du jardin. Tout ce que j'espère, c'est que l'encre sur sa main sera suffisamment résistante pour pallier ses éventuels trous de mémoire.

Nouvelle sonnerie. Je chantonne un « J'arrive » d'une voix plus chuintante que prévue et je vais ouvrir.

Cette fois, c'est parti.

Que le spectacle commence.

## – 29 –

J'ouvre la porte. Aussitôt le jardin s'anime : les chants d'oiseaux envahissent les bonzaïs, des guirlandes de lumières s'agitent, l'eau se déverse sur la colonne de pierre et remplit tranquillement le petit bassin dans un flux continu.

Grégory se statufie dans l'embrasure. Sa mine interdite m'arrache un sourire. J'envoie un clin d'œil discret à Liliane pour la remercier avant de m'adresser au jeune homme figé.

— Entrez, je vous en prie.

Grégory me suit avec précaution, silencieux, sonné sans doute par cet accueil aux mille couleurs. Tout comme moi, lorsque j'ai mis les pieds ici pour la première fois et que j'ai été saisie par le contraste entre le fond et la forme. Une entreprise de pompes funèbres aux allures de parc d'attractions, ça surprend, forcément.

Je l'invite à prendre place sur le fauteuil et m'assieds en face de lui.

Toujours cet air triste, ces yeux à la dérive. Toujours ce bonnet qu'il enlève et qu'il malaxe parce qu'il ne sait pas quoi faire, ni de ses doigts ni de lui-même.

Mon cœur se serre. Il faut que je reste professionnelle et que je remballe ma compassion dans mes chaussettes. Je ne veux pas qu'elle m'aveugle. J'ai besoin de toutes mes facultés si je veux réussir à lui donner le goût de vivre encore un peu.

À peine Grégory est-il assis que Pssst, comme prévu, bondit sur ses genoux et se blottit contre lui. Je souris, attendrie par cette boule de poils qui s'efforce de m'aider à sa mesure, et je prie en mon for intérieur pour que le jeune homme ait envie de poser sa main sur le crâne doux et chaud du yorkshire. L'affection d'un chien peut faire la différence, j'en sais quelque chose. Un petit bonheur suffit parfois à sauver ce qu'on croyait englouti.

Mais Grégory reste les bras ballants, indécis devant le petit chien qui, dépité, enfouit sa truffe dans sa veste.

Je ne me démonte pas. Je commence :

— Bien, j'ai souhaité vous rencontrer pour discuter des modalités de votre départ.

C'est un mot étrange à prononcer dans ce genre de circonstances. Ça me donne l'impression d'être l'employée RH d'une société en pleine restructuration, sur le point de causer indemnités de départ volontaire et plan de formation. Je lorgne du côté de Liliane : celle-ci me gratifie d'un pouce levé en signe d'encouragement. Je respire : malgré mon malaise, je suis dans la bonne direction. Après tout, « un pot de départ », c'est comme ça qu'Anna considérait les enterrements. Et ici, nous sommes Chez Anna. J'embraye, tandis que mon malaise se dissipe lentement :

— Mon équipe et moi avons réfléchi et j'ai quelques idées à vous soumet…

Un sifflement. Un air célèbre. *La java de Broadway*, que je reconnais sans mal puisque mon père nous rebattait les oreilles avec Michel Sardou à chaque fois qu'on partait en vacances.

Pour accompagner la chansonnette, les roulis d'un chariot : gai comme un pinson, Maurice se dandine et sifflote en poussant une sorte de brancard en aluminium. Un drap recouvre une forme longiligne d'où dépasse un bras. Un faux, bien sûr. Mais assez bien imité pour faire illusion pendant une ou deux minutes. Au-delà, ce serait tenter le diable. Lorsqu'il nous dépasse, Maurice interrompt sa chansonnette et nous salue du menton :

— Monsieur, mademoiselle…

Avant de reprendre, de plus belle, avec l'aisance et le flegme d'un livreur charriant des caisses de champagne.

J'observe Grégory en coin : bouche bée, blafard, il suit des yeux le vieil homme et son drôle de chargement qui traversent la pièce et s'apprêtent à présent à pénétrer dans une des salles adjacentes. Je ne jurerais pas que la vision d'un corps transbahuté par un thanatopracteur nonchalant a suffi à lui faire changer d'avis en lui donnant à voir l'envers du décor, mais ce qui est certain, c'est que Grégory semble fichtrement mal à l'aise. Si seulement il pouvait voir la tête qu'il tire ! Rien que ça, ça vaut son pesant de choucroute ! On dirait qu'il a vu un fantôme en justaucorps à paillettes effectuer une galipette. À cette pensée, je glousse, ce qui me vaut aussitôt une œillade brève, mais explicite de la part de mon client. Alors je toussote en portant la main devant ma bouche et fronce les sourcils en écarquillant les yeux pour feindre l'étouffement. J'ai toujours été une piètre comédienne, mais aujourd'hui, j'ai la sensation de n'être pas si mauvaise. À l'aube d'une vocation peut-être.

Si jamais ça rate, je pourrai tenter les castings. Question *storytelling*, je me pose là : « Emma Heussler, narcoleptique, employée chez Mégaprix, responsable d'une entreprise de pompes funèbres, experte des plans foireux. »

Si jamais ça rate…

Non, je ne veux pas l'envisager…

Soudain, un bruit. Un choc à la fois dur et mou, plein et vide. Le raffut court et sec d'une rencontre entre le plastique et le carrelage. *La java de Broadway* qui s'arrête net, remplacée par un silence gélatineux. L'aboiement surpris de Pssst. Le jeune homme et moi sursautons avant de tourner la tête de conserve.

Raconté de cette manière, on a l'impression que ça dure des heures. En réalité, ça n'est l'affaire que de la moitié d'un quart de seconde.

La moitié d'un quart de seconde pour comprendre que le bras en plastique s'est décroché du chariot. À la place pendouille un cordon filandreux d'une blancheur obscène.

Après, tout va très vite : Maurice se statufie d'abord devant le brancard, blême, le regard perdu entre Grégory et moi. Puis, il se met en branle, comme si une pichenette l'avait ramené à la vie. Alors, tout en ramassant l'objet du délit, il marmonne des excuses avant de s'attacher à repositionner le bras à grands coups de hanche, accompagnés de « Ohlala », de « Ça tient pas » et autres « Roooo quand même ». Grégory, lui, ouvre des yeux grands comme la place de l'Étoile. Quant à moi, je me décompose sur le fauteuil.

Liliane, qui n'a rien perdu de la scène, se précipite à la rescousse de son bien-aimé. Ainsi, ils sont maintenant deux à s'échiner sur le bras en plastique.

— De la colle, suggère Liliane.

— Va chercher celle qui sert pour fermer les bouches, commande Maurice sans cesser de râler contre le bras qui, décidément, ne se décide pas à s'imbriquer là où il le devrait.

Je rêve ou ils ont pété les plombs ? En fait, là, il faudrait la jouer discrète, je ne sais pas moi, peut-être juste disparaître dans une autre pièce et faire profil bas. Mais non, ils insistent. De ce bras mal fixé, ils en font une affaire personnelle. Et moi, je ne sais plus où me mettre, face à un client dont la bouche est si grande ouverte d'étonnement qu'on pourrait y faire entrer un semi-remorque.

Moi qui espérais générer du traumatisme, je suis servie.

À cet instant, Pssst bondit des genoux de Grégory et détale en direction d'un coin de la pièce, d'où il rapporte, la queue frémissante de contentement, un doigt… Un doigt ! Je n'avais même pas vu que dans le choc, un doigt s'était fait la malle ! Maurice lui caresse la tête :

— C'est bien le chien ! Tu as l'œil !

*Et toi, le doigt.* Non, ne pas rire. Ravaler sa nervosité. Reprendre le dessus. Il faut avouer que la situation est ubuesque. Le coup de grâce arrive lorsque Liliane revient, sans colle bien sûr, les yeux perdus dans les méandres de sa mémoire à court terme inexistante.

— La colle ? demande Maurice.

Dans le regard de la vieille femme, un éclair de panique. Elle ne sait vraiment plus ce qu'elle fait là et, surtout, la raison de ce charivari autour du bras qu'on asticote dans tous les sens.

Pendant que Maurice sue et s'agite, Grégory gonfle et regonfle ses joues. Tout en me raclant la gorge pour montrer la sortie à Maurice, je tente de reprendre la main. C'est le cas de le dire.

— Je suis désol…

*Mamma mia, here I go again*
*My my, how can I resist you ?*
*Mamma mia, does it show again*
*My my, just how much I've missed you ?*

Mon téléphone ! Il ne manquait plus qu'Abba dans cette histoire de fou. Le prénom de ma patronne s'affiche sur l'écran. Soudain, Grégory recule son fauteuil dans un grincement de mauvais augure.

— Je vais vous laisser, annonce-t-il, nous reprendrons un rendez-vous lorsque vous serez plus… disponible.

— Non ! me récrié-je en sautant de mon siège.

Ça ne peut pas s'arrêter comme ça. C'est impossible.

Je panique. Des mouches volent autour de moi. Ou pas.

*Respire respire respire…*

Ma vue se brouille. L'obscurité me gagne. Mes jambes ne répondent plus. Allô, Houston, on a un problème. Va te faire voir, major Tom.

*Respire respire respire respire.*

Je fais que ça, respirer, bon sang !

*Respirerespirerespirerespirerespirerespirerespirerespiiiiiiiire.*

Narcolepsie/Cataplexie : 4 – Emma : 0.

## – 30 –

*La jeune femme s'écroule soudain. Il ne réfléchit pas, il tend les bras pour la rattraper. Il s'attend à ployer sous son poids. Il n'en est rien : c'est une plume. Il la pose délicatement sur le sol. Sans plus se préoccuper de l'agitation alentour, il s'attarde sur son cou blanc légèrement penché, ses oreilles parées de boucles, la robe noire ornée d'accessoires colorés, son visage pâle sous le châtain de ses cheveux détachés.*

*Elle ressemble à un tableau. Sa grâce le bouleverse, sa vulnérabilité le perturbe.*

*Il se sent démuni. Il ne s'attendait pas à pouvoir être de nouveau aussi ébranlé. Pour la première fois depuis longtemps, il espère quelque chose.*

*Qu'elle n'ait rien de grave, qu'elle ne se soit pas fait mal en tombant, qu'elle revienne rapidement à elle.*

*Il voudrait qu'elle ouvre les yeux.*

*Ses beaux yeux verts.*

*Il distingue un petit bruit. Cela provient de son nez, de ses lèvres, c'est difficile à dire. Pour en avoir le cœur net, il se penche sur la jeune femme, vaguement étonné de ce qu'il croit discerner. Un ronflement. Léger.*

*Sa poitrine monte et descend doucement.*

*Ça alors, elle dort.*

*Après l'espoir, c'est une envie qui, à présent, le percute. L'envie de rire. Ça fait combien de temps qu'il n'a pas ri ?*

*— Mademoiselle, vous m'entendez ?*

# – 31 –

— Mademoiselle, vous m'entendez ?

J'ouvre les yeux au son de la voix qui provient de très loin, assourdie par la tonne de coton qui encombre mon esprit. Au-dessus de moi, Grégory. Un coup de langue sur mon nez. Pssst, forcément. J'essaie de sourire, mais je ne sais pas si j'y parviens. Je suis tellement dans le brouillard que je ne suis plus sûre de rien.

— Vous vous sentez bien ? reprend Grégory.

J'opine du chef en étirant mon cou de gauche à droite, et je sens une main posée sur mon épaule. Mon client, lui, sourit bizarrement, benoîtement, de ses lèvres pincées. C'est nerveux sans doute. Il est mignon quand il sourit. Il m'offre son bras. Appuyée sur lui, je me relève avec précaution. Ma tête tourne.

— Vous vous êtes endormie.

— Oui, un petit malaise, ce n'est rien.

— Vous vous êtes endormie, répète-t-il. Vous avez ronflé.

— Impossible ! protesté-je. Je ne ronfle jamais.

— D'habitude, je ne sais pas, mais là, je vous promets que vous avez ronflé.

Puis, s'adressant à Maurice et Liliane qui nous regardent, muets de stupeur, blancs comme des œufs en neige :

— Vous aussi, vous l'avez entendue ?!

Ils bougent la tête en confirmant par des « Mmh mmh » embarrassés.

— Vous voyez ? lance Grégory.

La honte. Non seulement je m'écroule devant mon client, mais en plus, je ronfle, tranquille. J'ai chaud, je dois être aussi rouge qu'un dragon chinois en plein Nouvel An.

— Oui, enfin, bon, ronfler ronfler, c'est peut-être un peu exagéré…

Coup d'œil à Maurice qui fait non de la tête. À Liliane qui partage son avis. À Grégory qui se retient – mal – de rire. C'est déjà ça. Même si c'est à mes dépens… Je hausse les épaules et époussette ma robe du plat de la main.

— Je vous propose qu'on oublie tout ça et que nous tapions dans le dur, fais-je en bombant la poitrine et en tirant son fauteuil pour l'enjoindre à s'y rasseoir.

Et il s'y rassied. Gagné.

— « Que nous tapions dans le dur » ? demande-t-il en s'installant, comme s'il avait oublié qu'une minute auparavant, il s'apprêtait à prendre la tangente.

— Que nous rentrions dans le vif du sujet, dans la moelle de l'os, dans… dans… l…

— Dans ? me lance Grégory avec une pointe de défi.

— Eh bien, dans… dans… dans le…

Je m'embourbe.

— … dans les dents du fond du palais, intervient soudain Maurice, hilare, en tapotant machinalement le bras posé sur le drap.

Ce doit être de l'humour de thanatopracteur, humour auquel Liliane n'est pas insensible si j'en crois l'éclat de son rire. C'est sympa de l'entendre rire, Liliane.

— Alors voilà, fais-je en m'asseyant à mon tour et en m'efforçant de faire abstraction des deux personnes âgées qui semblent avoir 10 ans à nouveau, l'idée est toute simple. Puisque nous n'avons pas été en mesure de trouver un rêve à votre mesure, nous avons décidé, mes collaborateurs et moi-même, de vous laisser jeter un œil au catalogue que voici.

Je pousse vers lui le porte-vues vert, couleur de l'espérance, tout en précisant :

— Ce catalogue référence l'ensemble de nos prestations.

Il hausse un sourcil dubitatif. Est-ce que j'en fais trop avec mon air guindé de secrétaire ? Tant pis : maintenant que je suis lancée, je continue. Et c'est ici que je joue mon va-tout.

— Il vous suffira de choisir ce qui vous convient le mieux en testant nos formules.

— Vous voulez que je teste les enterrements ?

C'est vrai que c'est assez farfelu comme idée.

— Comment pourriez-vous choisir autrement ? répliqué-je, sur le ton de l'évidence.

— Vous savez, en fait, je crois que je m'en fiche…

Je m'attendais à ce genre de réaction. Pas grave, j'ai préparé une répartie imparable. Je m'approche de lui. Je peux sentir son odeur musquée. Et aussi, un vague relent de tabac froid exhalé par son manteau.

— Ce n'est pas pour vous, c'est pour ceux qui restent. Vous m'avez parlé de votre mère. Pensez à elle. À ce qui lui redonnerait le sourire en de pareilles circonstances. À ce qui vous avait redonné le sourire, à vous, pendant l'enterrement de votre père.

Il fait la moue d'un air convaincu. Im-pa-rable. Je rebascule en arrière, satisfaite.

Il feuillette sans un mot le catalogue des prestations extraordinaires que Liliane et moi lui avons concoctées. S'arrête sur plusieurs pages que je m'efforce de noter mentalement. Son regard se rembrunit tout à coup. À nouveau, les yeux noirs semés dans les confins de son chagrin, une insondable tristesse sur les épaules. La dépression dans toute sa splendeur : Jean-qui-rit à la marge pour un Jean-qui-pleure presque tout le temps.

— Je vous fais confiance, dit-il finalement d'une voix brisée, vaincu, en refermant le porte-vues.

Il ne s'en tirera pas comme ça. Hors de question. Je risque un :

— Vous êtes libre demain ?

— Oui, mais pourquoi ?

— Eh bien, pour que nous commencions à explorer l'ensemble de nos formules. Je vais vous préparer des échantillons… Je passe vous chercher chez vous, disons, vers 17 heures ?

Il hoche la tête, va pour 17 heures, avant de répéter à voix basse, incrédule au possible :

— Des échantillons…

## – 32 –

La nuit a pris ses quartiers dans Sainte-Colombe. Je me sens épuisée. Émotionnellement HS. J'ai la sensation d'avoir passé la journée sur des montagnes russes, dans un train lancé à toute vitesse.

Devant moi, sur l'écran de télévision, Joséphine Ange Gardien s'évertue à sauver la terre entière. Je zappe. Tombe sur un reportage relatant le parcours de mère Teresa. Je soupire. Zappe encore. Un film sur les pompiers. Hop, une nouvelle chaîne. Une publicité pour les Restos du cœur. Je ne me décourage pas. J'insiste. Appuie sur la flèche de la télécommande. L'abbé Pierre et l'hiver 54. À ce niveau-là, ce n'est plus un signe, c'est un trente-huit tonnes de messages subliminaux.

— Tu vois, Pssst, quand l'univers veut te montrer quelque chose, il passe par la télé. Plus besoin d'apparition au fond d'une grotte. C'est commode.

Le yorkshire, qui dormait à côté de moi sur le sofa, m'adresse un regard plein de sommeil. Il s'étire mollement, pattes arrière, pattes avant, museau en l'air. On dirait un culbuto. Lulu faisait pareil.

Il descend du canapé. Me montre la porte d'entrée.

— Tu veux sortir, c'est ça ?

Question rhétorique…

Je me lève et ouvre la porte en applaudissant pour que les lumières éclairent l'allée. Pendant que Pssst renifle l'herbe avec frénésie et lève la patte à chaque recoin, je m'assieds sur la première marche qui mène au seuil de la maison. Mon esprit vagabonde d'une idée à l'autre.

Enfin, d'une idée à l'autre, c'est vite dit. En réalité, Anna accapare mes pensées. Je songe à la raison qui l'a conduite à monter une entreprise pareille. J'aimerais percer le secret de cette drôle de dame qui n'est manifestement pas telle qu'on me l'a toujours présentée. Une femme qui voulait distribuer du bonheur jusque dans les enterrements.

Je réprime un frisson. Le fond de l'air est frais. Au loin, la rumeur d'un moteur, le halo d'un phare. La rumeur augmente, la luminosité s'intensifie. Puis plus rien. Je suis seule, de nouveau, avec mes pensées.

J'ai beau essayer de raccrocher les wagons, il me manque des éléments : je n'arrive pas à faire le lien entre cette photo d'Anna triste comme un caillou, aperçue par inadvertance, et Chez Anna, cette entreprise farfelue où l'on ne conçoit pas le noir sans couleur, la mort sans la vie.

Qu'a-t-il bien pu arriver à cette jeune femme pour qu'elle devienne la personnalité fantasque et décalée que je crois déceler ?

Et pourquoi ma famille a-t-elle réagi si violemment à l'évocation de son héritage ? La folle de Chaillot, avait raillé ma grand-mère, sa propre sœur. La folle de Chaillot… Est-ce qu'Anna était folle ? Est-ce que la folie peut mener à ça ? Qu'est-ce qui peut pousser votre propre famille à vous tourner le dos ? La honte peut-être, le chagrin. Ou juste l'incompréhension…

Depuis que je suis enfant, le mystère plane autour d'Anna. Mes questions étaient rares, mais on leur opposait systématiquement un silence assourdissant. Aujourd'hui que je suis chez elle, entre ses murs, dans son jardin, avec son chien qui trottine tranquillement dans l'allée, elle me semble plus insaisissable encore. Plus je m'approche d'elle, plus elle m'échappe. C'est paradoxal. Et plutôt déroutant.

Les aboiements ponctués de grognements de Pssst me tirent de ma rêverie. Ma frustration de n'y rien comprendre se replie aussitôt comme un mouchoir.

Soudain, le craquement d'une branche me propulse debout. En passant la main sur mes fesses, je me rends compte que mon pantalon est trempé et que la marche sur laquelle j'avais élu domicile était mouillée. Génial…

— Allez Pssst, viens, on rentre, il faut que je me change.

Mais Pssst ne veut rien savoir. Il est à présent sur le ventre, grognant et gémissant, prêt à bondir. En un éclair, tous les scénarios possibles défilent dans ma tête : un voleur, un sanglier, un renard, un ours, un tigre, un lion, un hippopotame échappé d'un zoo, un désaxé.

Rapidement, je fais l'inventaire des moyens dont je dispose pour me défendre : un vieux yorkshire fatigué et à l'arthrose galopante, ainsi qu'un jean dégoûtant amalgamé à mon derrière.

Mouais, pas très dissuasif tout ça…

Tout à coup, la lumière s'éteint. L'horreur.

Le bruit se rapproche. Je recule imperceptiblement en hélant Pssst à voix basse, dans l'espoir idiot que de cette manière, on ne nous repérera pas. Mon cœur bat à tout rompre. Brusquement, plus rien, ni craquements de branche, ni bruissements de feuilles, ni respiration de Pssst. Plus rien du tout. Et le silence augmente mon angoisse, ça n'annonce rien de bon, c'est le calme avant la tempête, l'atonie qui précède l'assaut.

Je place mes mains comme un boxer, poings en avant, jambes fléchies, bien décidée à en découdre si le besoin s'en fait sentir. Je me mets à chanter, comptant sur ma propre voix pour me donner du courage et faire fuir l'assaillant, quel qu'il soit :

« Viens à la maison, y a le printemps qui chante.

Viens à la maison tous les oiseaux t'attendent. »

Peu à peu, tandis que je m'avance dans cette posture ridicule en chantant faux, mes yeux s'habituent à l'obscurité. Je distingue Pssst. Est-ce qu'il est… sur le dos, les quatre fers en l'air ? Seigneur ! Je me précipite en battant des mains pour que la lumière revienne.

# – 33 –

Un gros matou noir charbon se tient devant le chien. Assis. Entre eux, une souris visiblement mal en point. Quant au yorkshire, il frotte son dos contre l'herbe, les pattes battant l'air. Bref, il veut jouer et se fait une deuxième jeunesse pendant que moi, j'ai soudain envie d'étrangler tout ce petit monde.

Les battements de mon cœur décélèrent progressivement. Je respire enfin, mais j'ai toujours sacrément froid aux fesses.

— Pssst, on rentre !

Mais Pssst me regarde. Tout comme le matou qui me fixe de ses yeux jaunes. Je secoue la tête.

— Non, le chat reste dehors.

Pssst lèche la truffe de son nouvel ami puis avance doucement vers moi, l'air dépité. Je connais par cœur cet air-là parce que Lulu arborait le même lorsqu'il essuyait un refus.

Il y a eu cette fois où, parce qu'il était malade, je n'ai pas voulu lui donner un bout de gâteau. Et cette fois où j'avais récupéré la chaussette qu'il venait de voler dans la machine à laver. Et cette autre où j'ai refusé qu'il entre dans ma chambre parce qu'il avait les pattes humides. On manque cruellement de coulant quand on est adolescent…

Il faut croire que j'ai changé et que je suis devenue une adulte que la mine tristounette d'un petit yorkshire suffit à attendrir.

— C'est bon, dis-je en soupirant, entrez tous les deux.

Pssst se dirige vers la maison le premier. Parvenu sur le seuil, il s'arrête et se retourne. Quant à moi, je fronce le nez pour la forme. En réalité, de voir ces deux-là qui s'attendent me plaît bien.

— Ah non, pas la souris par contre.

Je râle, dégoûtée, quand je surprends le matou sur le point de soulever le rongeur par le colback pour l'emporter à l'intérieur.

Il lâche aussitôt sa proie. C'est bluffant de voir à quel point les animaux comprennent ce qu'on leur raconte. Ils ne tergiversent pas, eux. Francs, sincères, sans cachotteries malsaines ni dissimulations. Je ne sais pas pourquoi, mais là, maintenant, ça me fait penser à tout ce mystère qui règne autour de moi. J'éprouve un début de colère envers ma mère et ma grand-mère. Pourquoi n'ont-elles jamais daigné me parler d'Anna ? Anna ne nous avait pas mis de côté, elle. La preuve, avec ce legs. Il n'est pas tombé de nulle part…

À mon tour, je m'approche de la souris. La pauvre bête agonise. Il faudrait que je l'achève, que j'aie ce courage-là. Comme je devrais sans doute avoir le courage de respecter les volontés de Grégory. Après tout, qui suis-je pour décider de le ramener à la vie ?

Je la saisis avec mille précautions, croise ses billes noires qui me dévisagent derrière ses paupières mi-closes. La vie palpite en elle, j'ai la conviction qu'elle ne veut pas mourir. Est-ce que la vie palpite encore dans le cœur de Grégory ?

Comme je dois d'abord trouver de quoi allonger la pauvre bête à l'abri du chat, je me mets en quête d'une boîte. Explore le rez-de-chaussée de fond en comble, en vain. Je traîne alors mes baskets jusqu'à la chambre d'Anna, en haut de la tourelle. Fouille dans le joyeux capharnaüm de ma grand-tante. Tombe par miracle sur une boîte ronde. Une boîte à chapeau poussiéreuse. Je l'ouvre, en retire un chapeau melon noir qui me fait penser à celui que portait ce monsieur voûté qui nourrissait les pigeons, assis sur le banc du parc que je traversais pour me rendre à l'école primaire. Dans le fond, je dispose un vêtement en coton que je roule en boule avant d'y déposer, tout doucement, la petite souris dont la respiration semble s'être apaisée. J'espère qu'elle passera la nuit. Et que le jeune homme changera d'avis.

*« Emma, je suis très sérieuse, tu te protèges à fond. »*

Ah, ma très chère Marion qui me connaît mieux que quiconque… Peut-être que je prends tout ça trop à cœur. Après tout, ce n'est qu'une souris au fond de cette boîte.

Après tout, ce n'est qu'un inconnu au fond de son drame.

Un courant d'air me rappelle que mes fesses ne sont toujours pas au sec. La sensation du denim humide sur ma peau ressemble à de la confiture qu'on aurait tartinée sur mon épiderme. Il faut vraiment que je me change. J'ouvre l'un des pans de l'armoire massive pour en examiner le contenu. Je vais avoir le plus grand mal à trouver quelque chose à me mettre. C'est, disons, vintage. Ce n'est pas une garde-robe, c'est une véritable rétrospective. Il y a les minijupes des années soixante, les grandes tuniques à fleurs des années soixante-dix, les collants fluo des années quatre-vingt…

La tentation est trop grande. J'espère que de là où elle est, Anna ne m'en voudra pas d'essayer quelques-unes de ses tenues. J'attrape au hasard une robe trapèze que j'enfile immédiatement. Elle sent l'antimite et la violette. Je me tortille ensuite devant le miroir, esquisse deux-trois pas de danse, minaude comme une comédienne dans un film romantique. Heureusement que personne, a priori, ne me voit…

— Alors ? fais-je à Pssst et à son copain qui sont venus me rejoindre.

Si j'en crois les mouvements actifs de sa queue, Pssst semble apprécier.

S'ensuit l'enfilage d'un kimono de satin, d'un pantalon pattes d'eph, d'une jupe plus droite qu'un juge d'instruction. Puis j'arrête de faire l'andouille. Mon reflet, dans la glace, redevient sérieux.

Ah, Anna… Qui étais-tu, Anna ? Toi, à qui je ressemble tellement. Toi, que je n'ai jamais connue…

*« Choisir un seul légataire au sein d'une famille n'est jamais anodin »,* avait articulé Me Rouche le jour de mon arrivée.

Alors, est-ce bien sérieux de renoncer à cette maison pour un homme qui ne m'est rien ? de balayer l'héritage que souhaitait me confier Anna parce que je me prends pour une héroïne en carton ? Est-ce que je n'ai pas passé l'âge de croire au miracle ?

Allez, coucouche panier minet ronron comme aimait à le prononcer ma grand-mère. Le chien, le chat, la souris, ma solitude et moi, au lit. Demain est un autre jour. Et le moins que l'on puisse dire, c'est qu'on a du pain sur la planche.

# – 34 –

Je l'ai veillée toute la nuit et une partie de la journée. Je voulais tant qu'elle s'en sorte, persuadée que son sort déciderait de celui de mon « client ». En bonne angoissée, j'ai la superstition facile. Elle a été héroïque, elle s'est battue comme une lionne. Mais cela n'a pas suffi : la souris minuscule vient de rendre son dernier souffle. Et aucune de mes bonnes intentions n'a pu la retenir…

Sa mort a ébranlé ma conviction, mais la caresse du soleil sur ma peau, en ce joli après-midi d'avril, me rappelle à quel point ça vaut la peine de ne pas désespérer avant d'avoir essayé.

— Prête ? me demande Maurice en posant gentiment un bras sur mon épaule.

Je regarde le vieil homme, vêtu d'un costume sombre et d'une casquette. La panoplie complète du chauffeur en livrée.

— Alors ? fait-il en tournant sur lui-même.

— Vous êtes parfait, hyper classe.

Il me décoche un sourire fier.

— La voiture est devant le portail.

Je le talonne dans l'allée. Pssst me suit.

— Non, mon petit gars, je suis désolée. Aujourd'hui, tu restes avec Liliane.

Le museau rivé au sol, les oreilles basses, le chien fait demi-tour et s'installe piteusement aux pieds de la vieille femme qui nous salue de la main. La réaction de Pssst m'interpelle. Quelque chose commence à s'insinuer en moi. Mais je ne m'y attarde pas, rappelée à l'ordre par Maurice qui me montre un véhicule noir rutilant.

— Voilà le bébé.

Il caresse le capot.

— Mercedes Viano, précise-t-il. La totale : boîte automatique, vitre teintée, sièges chauffants, caméra de recul, GPF…

GPF… Je ne rectifie pas. Il poursuit :

— Elle fait même les créneaux à votre place. Tout droit sortie de l'usine, encore en rodage, une sacrée pépette.

Je hoche la tête d'un air inspiré, mais j'avoue que ces détails me laissent de marbre. Tout ce que je vois, c'est un véhicule lustré qui ressemble à un corbillard, avec des fauteuils en cuir à la place des rails pour un éventuel cercueil. C'est exactement ce qu'il me fallait. Maurice m'ouvre la porte coulissante du minivan en prenant un air pince-sans-rire qu'il atténue d'un clin d'œil amusé :

— Si madame veut bien se donner la peine.

Je me hisse sur la banquette arrière. Dans l'habitacle flotte une forte odeur de cuir et de cèdre. La porte se referme et Maurice prend place derrière le volant. Là, il ajuste le rétroviseur afin de garder un œil sur moi tout en conduisant.

— Z'êtes bien installée ?

Il prend son rôle très au sérieux. J'y croirais presque.

— Il faudrait être difficile pour se plaindre.

Maurice semble réfléchir. Je vois bien que quelque chose le tarabuste.

— Et ça ne risque pas de vous endormir d'être trop bien ? m'interroge-t-il tout à coup, le regard fuyant de celui qui craint de se montrer blessant.

Je croise les doigts à hauteur du rétroviseur en gonflant les joues. Là-dessus, il met le contact puis pianote frénétiquement sur le gigantesque écran du tableau de bord. Après plusieurs tentatives vaines, démuni devant les commandes hermétiques, il bougonne :

— Maudit GPF.

— Attendez, je vais essayer, proposé-je en me penchant à mon tour vers la machine récalcitrante.

Je finis par avoir raison d'elle : « Votre destination se trouve à vingt-six kilomètres. Prenez la route des Rameaux sur cinq cents mètres... » annonce enfin une voix féminine à la diction robotisée.

Le temps est clair. L'air rempli de promesse et d'espoir.

— Ça vous ennuie si j'ouvre le toit ? fait Maurice tandis qu'il suit à la lettre les indications du GPS, pestant de temps à autre parce que celui-ci nous a envoyés dans un cul-de-sac.

— Au contraire.

Sentir le vent dans mes cheveux est tout ce dont j'ai besoin.

Au bout d'une vingtaine de minutes, nous nous garons. Je regarde par la vitre la maison face à nous.

— Vous êtes sûr que c'est ici ?

— C'est ce que dit le GPF.

Je n'imaginais pas mon pourvoyeur de M&M's vivre dans une pareille demeure. Je m'attendais à le trouver dans l'appartement d'un immeuble récent ou dans une habitation modeste mitoyenne, type années 1970-1980. Mais pas dans une maison ancienne de cet acabit.

La façade n'a sans doute pas été ravalée depuis trente ans : des fissures zèbrent çà et là la pierre de taille, des coulures dessinent des torrents d'humidité un peu partout. Autour de la maison, le jardin, lui non plus, n'est pas en très bon état. Il pourrait être merveilleux, mais il est laissé à l'abandon : les mauvaises herbes ont remplacé les légumes dans le coin potager, la mousse a envahi le chemin de pierre qui mène du portail au seuil de la maison, le gazon anarchique menace les tommettes de la terrasse. Recouvert de bâches moisies, un mobilier de jardin désuet. La boîte aux lettres est grande ouverte, le clapet est sorti de ses gonds. Elle est pleine à craquer de prospectus et de courriers que personne ne ramasse.

— Je ne prends que les factures…

Je me retourne vivement. La silhouette dégingandée de Grégory est sur le perron. Je ne sais pas depuis combien de temps il est là. Un peu honteuse d'avoir ausculté avec tant d'insistance l'extérieur de sa propriété, je ne réponds rien.

— Je ne veux pas laisser de cadeaux empoisonnés à ma famille, explique-t-il. C'est le minimum.

À défaut d'autre chose, j'opine bêtement du chef tout en songeant que c'est délicat de sa part. Il m'a tout l'air d'un chic type.

Après avoir fermé la porte, il vient à ma rencontre. Ouvre le portail qui grince et ne tient plus que par miracle. Quand Maurice s'extirpe de la voiture, Grégory a un mouvement de recul.

— Ce n'est pas…

*L'homme qui s'amuse à recoller des bras à des corps sous des draps ? Nooon, bien sûr que non.*

Je coupe illico :

— Monsieur est un chauffeur privé, il nous accompagnera toute la journée.

Grégory n'est pas convaincu, mais il se laisse enlever de bonne grâce.

— Je ne vous dirai pas où je vous emmène, annoncé-je en m'asseyant à ses côtés.

Il hausse les épaules, les yeux perdus dans le ciel du toit panoramique.

— Là ou ailleurs…

— Vous conviendrez avec moi qu'il y a des ailleurs plus sympas que d'autres, tenté-je pour le dérider.

Mais il ne répond pas.

Maurice tripote l'écran du tableau de bord. Enclenchement du chauffage de siège par inadvertance. Sensation de chaleur sous les fesses. Grégory ne cille pas. Pourtant, il fait sacrément chaud d'un coup.

— Oups, fait mon faux chauffeur en me décochant une œillade désolée.

Mise en fonction de l'autoradio. Enceintes poussées à fond. Hard rock et métalleux hurlant. Grégory ne moufte toujours pas.

— Oups, refait Maurice.

Même œillade désolée.

Ce n'est pas gagné : je me dis que, niveau maladresse, Maurice tient avec moi le haut du pavé. Je me dis aussi que Grégory n'est vraiment pas en forme. Je préférerais le voir s'agacer ou sourire, à la limite menacer de quitter la voiture sous prétexte que nous ne sommes pas sérieux, qu'on n'a jamais vu un truc pareil, que nous sommes la honte de la profession. Tout, plutôt que cette apathie tristounette et cette phénoménale indifférence.

Finalement, Maurice parvient à entrer l'adresse d'arrivée. À côté de moi, le jeune homme ne cherche même pas à la regarder. Je pourrais l'emmener au fin fond de la Patagonie qu'il ne s'y opposerait pas. Il s'en fiche. Ça me navre.

« Tournez à droite. Au rond-point, prenez la troisième sortie puis continuez tout droit sur la D85. »

Nous roulons. C'est parti pour l'échantillon de la formule numéro un des nouveaux enterrements extraordinaires que propose Chez Anna. Cette formule, je l'ai intitulée : « Plein la vue ». Espérons que ça suffise, ou, au moins, que ça rallume une petite lueur au fond des yeux chiffon de Grégory.

## – 35 –

Les embouteillages nous cueillent dès que nous approchons de la capitale. La circulation s'intensifie encore en centre-ville. Je scrute l'heure avec inquiétude. Tout est millimétré. Un retard de dix minutes ficherait mon plan en l'air.

Grégory garde les yeux clos. Il est enfoncé dans son siège, la nuque appuyée contre l'appui-tête. Son visage s'éclaire par intermittence, au rythme des réverbères qui bordent la route.

— Vous êtes déjà venu à Paris ? lui demandé-je.

— Il y a longtemps. Quand…

Je tends l'oreille. Enfin, une confidence, quelque chose qui m'aiderait à le connaître et à viser juste. Parce que, pour le moment, j'évolue en aveugle.

— … quand… enfin, avant… bref…

Bon, j'en suis quitte pour ce rien du tout.

— Tadaaaa !

Grégory semble perdu.

— Un manège…

Je m'indigne :

— Un manège ? Ce n'est pas n'importe quel manège ! C'est LE manège de Paris !

La grande roue. En plein milieu de la place de la Concorde. Illuminée. Majestueuse.

Je lève les yeux. C'est si haut. J'en ai le tournis. Comment ai-je pu oublier mon vertige ? J'ai bien envie de rebrousser chemin. Mais je ne vais pas me dégonfler maintenant, je ne dois pas perdre de vue la raison de ma présence sous cet engin de malheur.

Je vérifie mon portable. Envoie le SMS prévu. Nous sommes pile à l'heure.

— On y va ?

— Vous êtes sérieuse ? s'étonne-t-il pour la forme.

— Vous ne voulez plus offrir un bel enterrement à votre famille ?

— Si, mais…

— Bon bah venez alors…

Je me dirige vers la file d'attente et me retourne de temps à autre pour m'assurer que Grégory m'emboîte le pas. La queue est gigantesque. C'est à croire que tout le monde s'est donné rendez-vous ici ce soir.

Enfin, je la vois. En tenue de soirée, un immense sac en kraft pendu au bout de son bras. Marion est là, comme promis. Elle est toujours là. Cette fille est un cadeau. Je me retiens de lui sauter dans les bras et me contente de lui adresser un sourire complice, mais discret.

— Mademoiselle Heussler ? Monsieur Lemaire ?

Tout en m'efforçant de garder mon sérieux devant l'air solennel que prend Marion, je prononce sur un ton hyper professionnel :

— Tout à fait.

— Bien, nous vous attendions, veuillez me suivre.

Je suis décidément entourée de personnes qui mériteraient un César. Niveau interprétation, Marion est au taquet.

Nous talonnons ma meilleure amie habillée pour l'occasion en robe cocktail, nous faufilons à travers la file d'attente sous les regards réprobateurs de ceux qui patientent.

Avant, je me serais liquéfiée sous ce type de regards pleins de reproches. Par peur d'être mal vue, mal aimée ou seulement par peur d'entendre des réprimandes auxquelles je ne trouverais rien à répondre, je me serais résignée à reprendre ma place au bout de la file, à attendre mon tour, quitte à renoncer à mes plans.

Mais ça, c'était avant. Ce soir, je me rends compte que les regards venimeux, pour la toute première fois depuis longtemps, ne me font ni chaud ni froid. Ils ne sont rien à côté de l'objectif que je me suis fixé.

Sous la houlette de Marion, nous découvrons soudain une cabine ornée de petites ampoules, agrémentée de guirlandes, de coussins de velours et de deux plaids rouges.

— J'espère que cela est conforme à vos attentes, Monsieur Dame.

Un peu romantique, pas vraiment l'esprit, mais, ça ira. Je croise l'étiquette Mégaprix accrochée sur un des coussins. 14,95 €. C'est moi qui les avais étiquetés à la demande de Valérie. Pourvu que Grégory ne la remarque pas.

Mais il n'a aucune réaction. Je ne sais même pas s'il réalise que la cabine a été décorée exprès pour nous. Il a le regard lointain, cramponné à un couple. Une femme, un homme. Et, assise sur les épaules de ce dernier, une fillette qui essaie d'attraper les petits drapeaux suspendus par un fil de nylon au-dessus de la file d'attente. Pour l'amuser, l'homme se plie et se déplie, provoquant les rires en cascade de la fillette et de la femme qui, par un mouvement réflexe, pose de temps en temps sa main dans le dos de l'enfant pour éviter qu'elle ne chute.

Je reviens à Grégory. Sa souffrance est prégnante. Je ne connais pas son histoire, mais je vois bien que la vision de cette enfant heureuse le bouleverse. Mon cœur se serre tandis que ses yeux se parent d'un voile sombre.

— Grégory ? fais-je doucement en effleurant son avant-bras pour le ramener à moi.

Il tourne la tête lentement.

— On y va ?

— Si vous y tenez.

Honnêtement ? Bof. Mais je soupire en regardant le couple :

— J'y tiens, oui. Nous avons du travail.

Alors il monte, s'installe docilement à l'endroit que lui indique notre hôtesse. Au moment de fermer la cabine, elle nous tend le sac.

— Avec les compliments de « la maison Marion-a-tout-bon » !

« La maison Marion-a-tout-bon ». Tu parles d'un nom pour une fausse société de conciergerie…

À l'intérieur du sac, une bouteille de champagne, deux flûtes en plastique, une boîte contenant quelques mignardises salées. Et une carte avec un logo parfaitement identifiable :

« Passe une bonne soirée. Et appelle-moi à l'occasion, il faut vraiment qu'on se parle, c'est urgent et hyper important. Valérie de Mégaprix. »

Je remballe la cartoline à toute vitesse. Au même moment, j'entends Marion compter jusqu'à dix-neuf. Puis elle tape trois fois sur le toit de la cabine en criant un tonitruant : « Envoyez » qu'elle adresse à celui qui, du haut de son aquarium, commande les rotations de la grande roue. Pas étonnant que la file d'attente soit si grande, Marion avait carrément immobilisé la roue pour nous. Je lui dois une fière chandelle.

J'éprouve un désagréable haut-le-cœur lorsque la cabine s'élance. La sensation de vide sous mes pieds est affreuse. J'ai peur, et l'air qui se rafraîchit à mesure que nous prenons de la hauteur n'arrange rien. Soudain, je regrette mon confort, mes chaussons, ma couette, Pssst qui pose son museau dans mon cou. Par-dessus tout, je regrette de m'être laissée aller à cette idée saugrenue de grande roue.

Paris rapetisse. Enfin, je suppose, parce que moi, j'ai trop peur pour ouvrir les yeux.

— Tout va bien ?

De la main, je fais signe à Grégory que couci-couça.

— Vertige ?

— Puissance cinquante mille.

Je sens la cabine bouger. Je me cramponne à ses rebords en plissant les yeux plus fort encore. Je m'attends à dégringoler dans le vide d'une minute à l'autre. Mes sens sont en éveil, je suis à l'affût du moindre bruit de travers. Au fond de moi, je maudis la trouille irrationnelle qui conduit toute ma vie d'adulte et me mène par le bout du nez.

Soudain, quelque chose m'enveloppe. J'ouvre les yeux et découvre une des couvertures sur mes épaules. Avant de les refermer aussi sec parce qu'un coup de vent a fait chanceler notre frêle esquif.

— Vous prenez votre métier si à cœur que vous êtes prête à braver la peur pour montrer à vos clients de quoi votre société est capable ?

— J'essaie d'être… professionnelle… au moins autant qu'Anna l'était.

Cette fois, la cabine s'immobilise. Surprise, je réprime un petit cri.

— Tout va bien, lance-t-il, nous sommes bien accrochés…

Soudain, une exclamation douce se répand dans l'air. Un « wahou » général, provenant de toutes les cabines alentour. J'aventure un œil. En contrebas, la tour Eiffel scintille. C'est magnifique. Et magique. On dirait un bijou féérique dans un écrin de lumière. Grégory fixe le monument. Je crois qu'il apprécie.

Puis, attiré par un éclat de voix, son regard s'arrime un peu plus bas, sur une cabine où deux garçons émerveillés de trois ou quatre ans s'agitent sous les yeux attendris de ceux que je pense être leurs grands-parents.

Décidément, je n'ai pas de chance. C'est un échec. Je songe à ce qui nous attend demain, je me dis qu'il ne pourra pas y être insensible.

— Champagne ! m'écrié-je pour faire diversion en saisissant la bouteille.

J'entreprends de remplir les deux coupes. Mais je tremble tellement que je suis incapable de viser. Résultat, il y a plus de champagne sur mes chaussures que dans le verre. C'est lamentable.

— Je vais vous aider.

Je vais vous aider…

Il veut m'aider.

Je m'y perds. Qui aide qui dans cette affaire ?

# – 36 –

*Le verre se remplit. De fines bulles éclatent à la surface du liquide. C'est joli, pense l'homme.*

*Ce qui l'est plus encore, c'est le visage de la jeune femme qui apparaît, par un jeu de transparence, dans le verre. Pour la première fois, il prend le temps de la détailler. Il observe ses grands yeux verts, son nez légèrement bombé sur le dessus, ses cheveux qui ondulent sous l'impulsion du vent, son petit air effarouché, timide.*

*Elle sourit, derrière le champagne. Est-ce qu'elle réalise que c'est dans son image à elle qu'il se perd, et non dans les bulles dorées qui dansent comme si de rien n'était ?*

*L'incroyable légèreté de ces bulles… La légèreté qu'il n'arrive plus à atteindre, lui que le chagrin cloue désespérément au sol.*

*Son cœur se contracte pendant qu'ils trinquent.*

*— Tchin.*

*— Tch… tch…in.*

*Le vertige la fait bredouiller. C'est mignon.*

*Il la regarde contempler le paysage, les néons qui scintillent au loin, la ville si petite.*

*Il aurait aimé tomber amoureux d'elle. Mais, à chaque fois qu'il se fait cette réflexion – et cela arrive de plus en plus souvent –, une autre le transperce. Une lame acérée qui s'enfonce en lui et lui rappelle que quoi qu'il fasse, il ne verra pas grandir ses fils et qu'il n'a pas été à la hauteur avec son épouse.*

*Sans doute que lui aussi, à la place de sa femme, il aurait levé le camp. Sans doute, d'ailleurs, qu'il n'aurait pas tenu aussi longtemps. « Ton piano, ce n'est pas suffisant. Prends un vrai métier, la musique, ce sera pour après, on n'y arrive plus entre tes horaires et nos problèmes d'argent, comment veux-tu qu'on s'en sorte, je ne peux pas faire plus. » Parfois, il surprenait ses larmes. Elle l'avait prévenue, il n'avait pas voulu entendre sa détresse. Il pensait qu'elle était heureuse malgré tout, que l'amour suffisait.*

*— L'altitude, je n'ai jamais aimé ça... avoue la jeune femme qui grelotte en dépit de la couverture qu'il a posée sur ses épaules.*

*— C'est dommage, sourit-il. Il paraît qu'on y voit plus clair quand on prend la peine de regarder de plus haut.*

*Elle boit une gorgée de champagne en plissant les yeux puis plante ses iris dans les siens :*

*— Vous y croyez vraiment, vous ?*

*L'homme secoue doucement son verre. Puis concède dans un soupir :*

*— Pas vraiment.*

*En bas, la vie frémit. Il y a les phares de la circulation, les gens qui s'embrassent sous les réverbères, ceux qui fument aux fenêtres, qui se disputent, qui naissent, qui s'aiment. D'ici, il ne peut pas les discerner. Il les devine.*

*Ce moment avec elle, c'est comme une parenthèse, un conte de fées où tout semble possible. Y croire, même l'espace d'une seconde, est une petite victoire.*

*Déjà, ils redescendent. Il l'aide pour ne pas qu'elle tombe. Sa main dans la sienne, ça le réchauffe un peu. Mais ça ne dure pas, ses longs doigts de musicien n'ont pas su retenir la petite main douce et moelleuse.*

*Il l'observe en coin. Elle lui adresse de petits sourires gênés. Il ne sait plus. Peut-être qu'il a 18 ans à nouveau. Peut-être qu'il pourrait lui plaire. Peut-être qu'il en aurait envie. Peut-être qu'elle aussi.*

# – 37 –

Dans l'habitacle, une odeur de parfum a remplacé le cèdre et le cuir. Le mien, celui que j'ai emprunté ce matin à tante Anna, des effluves de violette et de vanille légèrement éventés. Et le sien, dans lequel je décèle des notes d'encens et d'abricot. Hier, il n'en avait pas mis. Qu'est-ce qui a changé depuis ? Je crois aussi qu'il s'est rasé. Oh, pas de près, la barbe de huit jours a juste été un peu raccourcie. Est-ce que ça veut dire que je suis sur le bon chemin et qu'il reprend goût à la vie ? À moins que ce soit simplement le dernier sursaut avant l'extinction complète…

Aujourd'hui, nous entamons le deuxième volet de l'opération sauvetage. Celui-là, je l'ai intitulé : « Tout en bas ». Ou comment réussir à remonter. Tout cela est très étudié.

Maurice tient le volant, Grégory est assis à l'autre bout de la banquette arrière, nous filons vers un autre monde, accompagnés par la symphonie métallique du GPS qui n'arrête pas de dire : « Tournez à gauche. »

— Pardon, mais, du coup, il faudrait peut-être tourner à gauche… hasardé-je.

— Pas d'inquiétude, je connais le chemin par cœur, rétorque Maurice, j'allais jouer là-bas quand j'étais mioche avant qu'ils ne transforment ça en aéroport.

Grégory fronce le haut de son nez.

— Un aéroport ?

Je rêve ou mon client vient de poser une question ? Une marque d'intérêt, enfin !

En mon for intérieur, j'effectue la danse-du-p'tit-cul-qui-bouge. C'est un mouvement de gauche à droite que Marion et moi effectuons à chaque fois que quelque chose de bien survient dans nos vies.

— J'espère que vous n'avez pas peur de l'avion… lui lancé-je comme un défi.

Il arque un sourcil :

— Moi, non… Mais vous ?

Je fais la moue.

— Un peu, si…

— Toujours à cœur de bien faire, n'est-ce pas ? Vous savez, ce n'est peut-être pas la peine de vous mettre martel en tête, je pense de toute manière me diriger vers quelque chose de plus simple.

Je souris, bien que le rappel de l'enterrement me fissure. Alors je fanfaronne :

— Trop tard, j'ai déjà prévu le champagne !

— Alors, si vous avez prévu le champagne…

Sur ce, il se ratatine sur la banquette, le nez rivé à la fenêtre de toit. De nouveau, il sombre dans les méandres de sa tristesse. En plus, j'ai menti, je n'ai pas de champagne.

J'ignore si la fatigue y est pour quelque chose, mais je suis liquéfiée à l'idée de ce qui nous attend. Hier, le vertige. Aujourd'hui, ce sera pire encore.

Il faut dire que les réminiscences de la soirée de la veille m'ont tenue éveillée une partie de la nuit. La main posée sur le ventre de Pssst qui dormait les quatre fers en l'air, je n'ai pas cessé de repenser au regard de Grégory lorsqu'il croisait des enfants, à cet éclair de lumière que j'ai cru apercevoir quand nous avons trinqué, soixante-cinq mètres au-dessus de Paris, à la main qu'il m'a tendue au moment de descendre de la cabine, à la sensation de ses doigts sur moi, à cet instant où la gêne m'a consumée.

Je ne cessais de me répéter : « Professionnelle Emma, reste professionnelle. »

Quelque chose chez cet homme me trouble. C'est idiot, nous nous connaissons si peu…

Enfin, nous arrivons à destination. L'engin est là.

— Un jet privé ! s'exclame-t-il.

— En effet… fais-je en mettant discrètement en fonction mon radar à avaries techniques.

Je veux être certaine que l'avion est prêt, qu'aucune pièce n'est tordue.

— Mais je n'ai absolument pas les moyens !

— Tstt tstt tstt, riposté-je en me penchant sous la carlingue, telle une technicienne chevronnée. Je vous rappelle que c'est un échantillon. Chez Anna, c'est comme chez Séphora, les échantillons sont gratuits.

Non, mais n'importe quoi. Même Maurice me jette une œillade dubitative quand je me relève. Surtout que lui sait bien le gouffre financier que tout cela représente pour l'entreprise que j'étais censée remettre sur pied. Je crois que le vieil homme se rend peu à peu compte que je ne suis pas la sauveuse tombée du ciel, mais celle qui, au contraire, achèvera la société de ma pauvre grand-tante.

Quant à Grégory, la stupidité de ma réplique lui a arraché un sourire en biais.

— Je peux vous demander où nous allons ?

Une deuxième question ! C'est Noël avant Noël ! Et hop, re danse-du-p'tit-cul-qui-bouge mentale. Coupée net par l'irruption d'une hôtesse de l'air aussi classe que son avion.

— Madame Heussler ? Monsieur Lemaire ? Nous allons pouvoir procéder à l'embarquement.

Ceintures enclenchées. Vérification rapide que les gilets de sauvetage se trouvent bien sous le siège, coucou intéressé au pilote pour m'assurer qu'il est à jeun et qu'il a son compte de sommeil. On n'est jamais trop prudent.

Ça y est : nous sommes parés au décollage. Direction Marseille. Ses calanques. Ses eaux turquoise. Ma peur de l'eau et ma claustrophobie.

## – 38 –

Un baptême de plongée. Qu'est-ce qu'il ne faut pas faire…

— Un gramme d'expérience pèse plus lourd que cent kilos de théorie, entame le moniteur sur un ton empreint de solennité. Mais il n'y a pas de plongée sans un minimum de connaissances. Alors, c'est parti pour vingt minutes de théorie pure et dure.

Chouette, vingt minutes de gagnées. Mais elles passent à toute allure et, en moins de temps qu'il n'en faut pour le dire, Grégory et moi sommes affublés d'une combinaison en néoprène, d'un masque et d'une bouteille. Les palmes nous attendent dans le Zodiac.

Tandis que le bateau fend les flots de la Méditerranée baignée de soleil, mon cœur est un geyser. Je regarde l'eau. Elle est si profonde, et puis il y a tant de choses là-dessous. Je pourrais rester coincée sous un rocher, me faire dévorer par un requin. On nous retrouverait par petits morceaux échoués sur le sable dans deux ou trois mois.

Près de moi, Grégory est avare de réactions. On dirait qu'il est sous hypnose. *Là ou ailleurs...* Pour couvrir le raffut du vent et du moteur, je crie à mon client :

— C'est beau hein ?

Niveau zéro de la conviction ; mon client n'est pas dupe.

— Ne me dites pas que vous avez aussi peur de l'eau, beugle-t-il.

— Je n'ai pas peur. Je n'aime pas, c'est tout.

— Comment ?

— Je dis que j'ai pas peur ! m'égosillé-je.

— Vous savez nager quand même ?

Je hausse les épaules. Bien sûr que je sais nager, qu'est-ce qu'il croit ! C'est vrai que je ne suis pas Laure Manaudou, mais, autant que je m'en souvienne, je nage une brasse tout à fait acceptable. Enfin, je nageais, vu que je ne suis pas retournée me baigner depuis un sacré paquet d'années. Espérons que ce soit comme le vélo, que ça ne s'oublie pas.

Le bateau s'immobilise tout à coup au milieu de nulle part. Autour de nous, de l'eau, de l'eau et encore de l'eau. Et un rocher, là, à droite. Je me penche par-dessus bord, j'essaie de distinguer ce qui se trouve sous le bateau. Je vais me sentir mal, je sens que ça monte, c'est comme un tsunami d'angoisse qui me submerge.

*Respire respire.*

J'en ai presque la nausée. Et toute cette eau...

*Respire respire respire.*

— Emma, vous vous sentez bien ?

La voix de Grégory. De loin.

Inspiration. Expiration. *Respire respire respire respire respire.*

— Oui, oui, ça va aller…

Narcolepsie/Cataplexie : 4 – Emma : 1.

— Vous êtes prêts ? lance le moniteur. Un deux trois, sautez !

Alors on saute. Immédiatement, l'eau m'emprisonne, le froid s'immisce à travers les mailles de ma combinaison. Grégory s'approche de moi.

— Ne vous affolez pas, vous flottez.

Les palmes m'entraînent vers la surface. C'est vrai, je flotte. Soudain, quelque chose s'insinue entre mes jambes. Je hurle :

— Aaaah, qu'est-ce que c'est ???

J'ai l'impression de voir mon professionnalisme partir à la nage en me faisant coucou. Si je ne me reprends pas illico, je vais perdre la confiance de Grégory. Il compte sur moi. Même si ce n'est pas pour les bonnes raisons.

Nous nageons côte à côte. Lentement. Puis, peu à peu, nous glissons sous la surface, dans le sillage du moniteur. L'air me manque. Je me concentre pour ne pas me laisser gagner par la panique. D'ailleurs, peu à peu, ma respiration s'apaise. Et je peux m'attarder sur le spectacle qui m'environne.

Le soleil filtre à travers les flots et éclaire des rochers recouverts d'algues aux couleurs chatoyantes. Du rose, du violet. Au lieu de la grotte ténébreuse et de l'épave squelettique que je m'attendais à découvrir, de petits bancs de poissons offrent leurs écailles métallisées à la caresse de la lumière. Quand le moniteur passe la main dans le nuage frétillant, celui-ci s'ouvre et se reforme juste après avoir dépassé l'obstacle. Grégory, à son tour, tend la main. Le banc se divise en deux groupes. Tant de simultanéité et tant de silence… comment ne pas être éblouie ?

Comme je ne réagis pas, Grégory me saisit la main et m'invite à toucher la boule de poissons. Il ne me lâche pas.

Il ne me lâche pas quand un énorme mérou nous dépasse et que je me statufie face au gigantisme tranquille de l'animal. Il ne me lâche pas quand mon pied se prend dans une bouée abandonnée au fond de l'eau et que je panique, les yeux écarquillés par la peur. Il ne me lâche pas quand nous remontons à la surface, à l'air libre, le visage rougi par le froid.

Sur ce bateau, tandis que le coucher de soleil s'amorce sous le ciel rouille, je regrette que la journée touche déjà à sa fin.

— Là-bas ! lance le moniteur en désignant l'horizon.

Une famille de dauphins, au loin, s'égaille. Un cadeau. Ça ne se réserve pas, aucune prestation au monde ne peut vous promettre une vision pareille. J'en ai les larmes aux yeux.

— Honnêtement, vous organisez souvent des enterrements sous l'eau ? me demande Grégory quand, une heure plus tard, nous remontons dans le jet.

Honnêtement non. Mais qui s'en soucie ? Je fabule :

— Oui, c'est une sorte de spécialité. C'est ce qu'Anna préférait. Les enterrements aquatiques…

Il esquisse une moue perplexe.

— C'était superbe… admet-il.

— Contente que ça vous ait plu.

— … mais ce n'est pas pour moi, ajoute-t-il. Ma sœur tomberait en syncope si nous organisions l'enterrement à six mètres de profondeur ! Elle a aussi peur de l'eau que vous !

— Je n'ai pas peur !

— Mouais…

— Et demain ? demande-t-il soudain.

Troisième question ! Mes projets, ça ne lui est plus complètement égal. Est-ce qu'il est en train de remonter la pente ? Est-ce que je suis en train de réussir à sauver la vie d'un homme, moi qui ai passé mon existence à tout rater ?

Mais alors, d'où vient cette mauvaise intuition qui ne me quitte pas ?

# – 39 –

Troisième et dernier échantillon : « À toute vitesse ».

Une manière de travailler sur le lâcher-prise. Je ne remercierai jamais assez les pages psy de Cosmo que dévore Marion. Elles peuvent sauver des vies. Littéralement.

— Et donc, les enterrements à moto, ils vous sont demandés souvent… fait Grégory, suspicieux.

— Ab-so-lu-ment !

— Et le cercueil, vous le mettez où ?

— Dans un *side-car,* bien sûr ! Le *side-cor* si vous préférez.

— *Side-cor* ? répète-t-il avec une pointe d'incrédulité.

— Oui, *side-corbillard,* quoi.

Hou que c'est mauvais…

— Bien sûr… souffle-t-il sans conviction.

Il vaudrait sans doute mieux que je me taise et que j'arrête là les dégâts. Pourtant, en dépit du bon sens :

— Et pour ceux qui optent pour une crémation… Ça rentre dans le *top case.*

— Une *urnecase*, quoi… réplique-t-il en soupirant.

— Tout à fait ! Vous apprenez vite ! On embauche, ça vous tente ?

Alors que je m'attends à ce qu'il se détourne en prenant un air affligé, il ironise :

— Vous parlez d'un mauvais roman, tiens… L'histoire d'un gars qui voulait se suicider et qui finit représentant en pompes funèbres.

Je caquette comme une collégienne.

À présent, il observe sans un mot les motos élancées à grande vitesse sur le champ de courses. Cette fois, pas de jambe coton en ce qui me concerne, je suis sereine, je ne crains rien. La course à toute berzingue, ce sera uniquement pour Grégory. Moi, je ne ferai que regarder. C'est que ce qui est prévu.

— Voilà l'engin ! s'exclame tout à coup l'homme censé faire office de pilote accompagnateur en chevauchant le dos d'une moto rouge et grise.

Puis, pendant que Grégory revêt son casque avec l'engouement d'une huître :

— Vous avez déjà conduit des motos sportives ?

Grégory opine du menton et explique :

— Il m'est arrivé de faire quelques courses lorsque j'étais plus jeune.

Tiens, en voilà une surprise. Grégory a donc aimé la vitesse. Dans ma tête, l'image du jeune homme frondeur de 18 ans se superpose à celle de l'homme abattu.

— Ah, mais alors, vous n'avez pas besoin de moi ! se récrie le pilote.

— Je devrais pouvoir me débrouiller, confirme mon client.

Puis, s'adressant à moi :

— Vous venez avec moi ?

Je recule imperceptiblement. Moi, sur le dos de cette machine infernale, avec tous les risques que cela comporte, certainement pas !

Sa déception transparaît derrière sa visière.

— S'il vous plaît…

Il me tend la main. Tout autour, le vrombissement des moteurs. J'effectue un autre pas en arrière, un clou de trouille planté au creux du ventre. Il insiste.

— Pour moi…

De son côté, le pilote a déjà décroché la lanière de son casque pour me le confier.

— Et puis, qui sait, ajoute Grégory dans un clin d'œil, c'est peut-être la bonne option pour moi. Il faut que nous testions pour savoir.

Je secoue la tête, ce n'est pas négociable, la moto est trop grosse, elle va trop vite, je pourrais me décrocher, rouler sur le bitume comme un lamentable bouchon, nous pourrions nous emplafonner sur les bottes de foin recouvertes de sacs-poubelles qui encerclent le circuit ou nous faire broyer par les autres motos qui, ne parvenant pas à nous éviter, nous écraseraient les reins.

Tandis que les films les plus atroces défilent sous mon crâne, Grégory se résigne à grimper. Seul.

— Faites-moi confiance, Emma, supplie-t-il en démarrant la moto qui se met à grogner furieusement.

— Je suis désolée, je ne peux pas.

— Bon. Je comprends…

Le dernier regard que Grégory me jette juste avant de rouler vers la ligne de départ me perfore.

Je ne suis pas fière de moi. Et si j'étais la goutte d'eau qui ferait déborder son vase ? Qui me dit qu'il n'essaiera pas de se fracasser dans le décor, lui qui tient tant à mourir ? Je suis prise entre le marteau et l'enclume, avec l'impression stupide de jouer sa vie sur ce coup, vissée à l'estomac. Je ne peux pas le laisser tomber.

— Attendez ! m'écrié-je en arrachant brutalement le casque des mains du pilote et en courant derrière la moto.

Surpris, le pilote se lance à ma poursuite. Il beugle des « Mademoiselle ! Revenez, c'est dangereux sur la piste ! » Grégory, lui, ne m'entend pas. Je vois sa moto se positionner à l'entrée du circuit. Alors, prise de panique à l'idée qu'il puisse s'élancer avant que j'aie pu le rejoindre, je coupe à travers la piste. Soudain, je le vois se diriger furieusement vers moi. Je m'immobilise, paralysée par le bruit furieux des moteurs, par les voix qui hurlent au loin des mots qui n'ont aucun sens.

La moto de Grégory s'approche s'approche s'approche sans que je puisse me détacher du bitume. Je vais mourir. Là, sur ce champ de courses, bêtement, un casque au bout du bras. Je pense à Marion, à la peine qu'elle ressentira, à Anna, qui m'a choisie pour une raison que je ne m'explique toujours pas, au portail que quelqu'un viendra fermer définitivement, à la propriété en ruine dont on aura muré les ouvertures avant de l'oublier pour de bon, au Super U qui viendra prendre sa place, à Lulu, à Pssst, à leur déroutante ressemblance, à Valérie, à Mégaprix, à Liliane, à Maurice, au dernier enterrement qu'ils organiseront et à la lumière qu'il leur faudra éteindre juste après, à l'ironie de la situation, au mauvais film qui se joue là et qui surpasse de loin celui évoqué par Grégory : celui de la mort bête d'une fille idiote, une pauvre nana qui se croyait investie d'une mission et qui se fait tuer par celui-là même qu'elle essayait de sauver.

Je ferme les yeux, fronce les paupières de toutes mes forces, je coupe ma respiration, j'attends le choc, j'espère que ce sera rapide, c'est finifinifinifinifinifinifinifini.

Crissements de pneus. Tout mon corps se tend. La peur m'attache au sol.

# – 40 –

Chute. Bruits sourds et furieux.

Je suis toujours là. J'ouvre un œil. Remarque la moto de Grégory, couchée sur le flanc, en travers du circuit, à moins de deux mètres de moi. Juste derrière, une autre moto, couchée elle aussi, et un pilote qui tire sur son casque.

Je comprends.

Grégory vient de me sauver la vie. Je le cherche. Avidement. La respiration saccadée, étranglée par la frousse. Il est là, il a roulé un peu plus loin. Il est agenouillé près de la barrière de foin, en train de s'échiner sur son casque qu'il finit par retirer d'un coup sec. À présent, il court dans ma direction.

— Ça va ? s'enquiert-il en haletant.

J'acquiesce. Je déglutis. Ma salive pèse le poids d'un cheval. Puis je bégaie à mon tour :

— Et… et vous ? Rien de cassé ?

Il secoue ses articulations, penche un peu la tête, se gratte la nuque.

— Je crois bien que je suis en un seul morceau.

— Vous m'avez sauvé la vie…

Le silence a remplacé la furie des moteurs. Au loin, quelques chants d'oiseaux. La rumeur de la circulation. Le vent qui s'engouffre dans les bâches en plastique et les fait claquer.

Plus un engin ne roule, le circuit est au point mort. Tout le monde a retenu son souffle. Timidement, quelques applaudissements émergent de part et d'autre. Grégory tourne la tête en direction de la dizaine de personnes qui l'ovationnent. Il lève soudain son casque en signe de victoire. Le jeune type d'à peine 18 ans, fier de poser pour son permis de conduire, se tient là, devant moi, bien vivant sur ses deux pieds, le regard fier de celui qui s'apprête à prendre sa vie à bras-le-corps.

Mes jambes se dérobent. Fracassée d'émotion, je dégringole sur l'asphalte.

— Oh, Emma, restez avec nous !

Je lui souris. Je ne perds pas connaissance. Je ne dors pas. Des larmes de soulagement dévalent mes joues. Un goût de renouveau.

Narcolepsie/Cataplexie : 4 – Emma : 2.

# – 41 –

*Il rentre à peine, le cœur en fête. Il vient de passer une des plus belles journées de sa vie. C'est à elle qu'il le doit. Il a eu peur de la perdre. Une peur viscérale, violente qui a chassé d'un coup la lassitude.*

*Il se dit qu'il pourrait l'inviter à manger un de ces quatre, il aimerait la voir évoluer entre ses murs qui respirent la tristesse. Il est certain qu'avec son énergie, elle pousserait le chagrin dans ses retranchements, qu'elle le chasserait comme on chasse la poussière d'un tapis.*

*Il est en train de tomber amoureux. Il ne pense plus qu'à elle, il ne savait pas que ça pouvait encore lui arriver. Elle ne mesure pas à quel point elle est belle. À quel point sa maladresse est touchante. À quel point ses mouvements sont gracieux. Même son parfum de violette et de vanille le chavire. Elle est inconsciente du charme qu'elle trimballe dans son sillage. C'est sans doute cela qui le bouleverse par-dessus tout. Elle est aussi peu sûre d'elle qu'il est paumé. Deux âmes perdues qui se retrouvent dans l'église de leur désespoir.*

*Ce soir, pour la première fois depuis longtemps, il regarde son jardin et il éprouve une irrépressible envie d'arracher les herbes mortes et d'arranger le potager. Il fait nuit, mais qu'importe, c'est maintenant qu'il veut le faire ; la lune blanche et pleine lui apportera son concours.*

*Équipé d'une bêche, d'un râteau et d'une pioche, il se dirige d'un pas décidé vers les pieds de tomates dégingandés, les salades montées et les pieds de haricots tordus, à peine dégelés dans le printemps naissant. Il ne ménage pas sa peine, il gratte, tire, éradique, enterre, lisse. La sueur perle sur son front, sa chemise est collée à sa peau. Mais le froid ne l'atteint pas. Il a plus d'énergie que jamais. Vivant, à nouveau.*

*Tout à coup, à la faveur d'un coup de pioche, il se dresse, comme électrocuté. Il a entendu un coup sourd. Il y a quelque chose de dur, là, dans le sol.*

*Il se baisse. Souffle pour enlever la terre qui vient tout souiller, caresse avec mille précautions. Tremblant presque.*

*D'un seul coup, ses épaules s'affaissent, son corps ploie. Il n'a pas besoin d'éclairage supplémentaire. Il sait. L'image de la jeune femme s'évanouit devant la figurine en bois qu'il tient au creux de ses mains comme un chaton fragile.*

*Il se souvient, il en avait sculpté une à chacun de ses fils l'année dernière. C'était à Noël, il voulait leur faire plaisir.*

*Sa solitude lui explose tout à coup au visage. Il a beau être accompagné, il sera toujours seul. Cette constatation est un crève-cœur. Il a cru qu'il pouvait remonter la pente, être plus fort que le gouffre qui l'attire. Mais il s'est trompé, une poupée en bois aura eu raison de son envie. Il sourit tristement, à quoi ça tient ? Il nage, surnage dans le puits infini de son isolement. D'ailleurs, il sent qu'il sombre.*

*Le voilà qui sanglote.*

*Il abandonne la bêche, le râteau, la pioche, les tomates, les salades et les haricots. Le jouet aussi. Puis il se lève, vagabonde quelques instants sur le chemin de pierre dévoré d'herbes folles, à la recherche de rien. Il ouvre ensuite la porte, entre chez lui, et, tout doucement, referme derrière lui.*

# – 42 –

Retour à la maison. Maurice et moi sommes fourbus, mais plutôt satisfaits de la tournure prise par les événements.

— Alors ? me demande Liliane après avoir jeté un œil à la paume de sa main dès que je pénètre dans la cuisine où flotte une odeur de thym et de laurier.

— Alors le petit gars a un sacré courage, intervient Maurice en enlevant sa casquette de chauffeur et en la posant sur la table.

Liliane nous regarde l'un après l'autre, sans comprendre.

— Elle allait se faire écraser, explique le vieil homme, et puis Grégory s'est jeté sous une moto. Sans lui, on était marron.

— C'est vrai ?

Je confirme, d'un signe de tête, en caressant Pssst qui vient se faufiler entre mes jambes. Liliane ouvre le four, vérifie la cuisson d'un rôti, l'arrose d'un verre d'eau, retourne les pommes de terre pour les imbiber de sauce.

— Nous avons eu des appels ?

Elle pivote vers moi, regarde une nouvelle fois sa main et me répond amèrement que non.

Je le regrette. Les derniers jours m'ont fait gagner en assurance, je me sens d'attaque pour redresser cette entreprise de pompes funèbres. Et, surtout, je n'ai aucune envie que cette maison tombe entre les mains d'un promoteur véreux ou d'un propriétaire mal avisé. Mais le temps nous est compté. Je suppose que Liliane partage mon ressenti, car elle demande :

— Combien de jours nous reste-t-il ?

— Vous voulez un calendrier ? propose Maurice en amorçant un mouvement vers le couloir.

— Pas besoin.

Il s'arrête net.

— Quatre jours, dis-je à voix basse.

— Quatre jours, répète Liliane en s'asseyant lourdement sur une chaise.

Sans dire un mot, Maurice saisit une serviette en tissu et en trempe une petite partie dans un verre d'eau. Puis il prend la main de Liliane, et délicatement, sans quitter les yeux rivière de son amie, efface les inscriptions au stylo bille.

Elle lui offre sa confiance en lui abandonnant sa mémoire, il élimine la moindre trace de malheur sur son chemin. Si l'amour existe, il doit ressembler à cette amnésique volontaire et à ce thanatopracteur au chiffon humide. Leur beauté est à couper le souffle.

Le reste du repas s'effectue dans une ambiance morne. Même Pssst, recroquevillé sous la table, paraît ressasser.

De temps en temps, Liliane se perd, son regard s'amollit, ses sourcils se froncent, elle ne sait plus qui je suis ni ce qu'elle fait là. Alors Maurice, avec une patience d'ange, lui dit que je suis la petite nièce d'Anna, que je m'appelle Emma. « Vous ressemblez tant à Anna ! s'exclame-t-elle une fois sur deux. Pas étonnant qu'elle vous ait choisie pour reprendre le travail de toute sa vie. »

Les espoirs qu'elle met en moi, même s'ils ne sont que le résultat de ses souvenirs défaillants, creusent mon malaise. Je me sens malhonnête, je voudrais lui rappeler que non, je ne vais pas réussir, que je suis là depuis plus de trois semaines, que j'ai consacré ces derniers jours à redonner le goût de la vie à notre seul et unique client, et qu'en tout état de cause, conformément aux instructions d'Anna, Me Rouche ne va pas tarder à récupérer les clés qu'il m'avait confiées.

Que je suis passée à côté de la mission qu'Anna m'avait confiée. Que je n'ai pas été à la hauteur.

Inlassablement, d'un index levé, d'un clignement de paupières ou d'un bruit de gorge, Maurice m'enjoint discrètement au silence tandis que Liliane ne cesse de s'écrier des « Bienvenue » qui n'en finissent pas.

Je suis seule à présent. Maurice a raccompagné Liliane chez elle. Je les ai observés déambuler dans l'allée comme de jeunes premiers. Légèrement pompette, elle a titubé sur les graviers en applaudissant sans répit pour déjouer la minuterie des lampes rondes. Maurice a marché près d'elle, veillant au grain, la retenant de chanceler. Ils ont fini par disparaître dans la nuit.

Affalée sur le canapé, je joue à ce jeu stupide sur mon téléphone portable. Pssst est allongé près de moi. J'allume la télévision, zappe sans conviction, éteins. Attrape un roman que je traîne depuis un bail au fond de mon sac. Mais je manque de concentration, je confonds les personnages, je dois lire chaque phrase plusieurs fois pour qu'elle s'imprime dans mon esprit.

Vaincue par mon inattention, je finis par abandonner le livre pour envisager le décor autour de moi. Soudain je réalise, pour la première fois depuis mon arrivée, que je ne sais même pas à quoi ressemblait Anna dans les dernières années de sa vie. Je prends soudain conscience que cette immense maison ne recèle aucune image. Est-ce qu'Anna fait partie de ces gens qui, à l'instar de certains peuples d'Amazonie, craignent que les photographies ne leur confisquent une partie de leur âme ? D'ailleurs, maintenant que j'y songe, il n'y a aucun souvenir ici. Chez ma grand-mère, il y a des torchons rapportés du Portugal, des cuillères achetées lors d'un pèlerinage à Lourdes, une paire de babouches que mon grand-père a suspendue au mur, un de mes vieux dessins sur lequel j'avais écrit, en lettres bâton maladroites, « Gros bisous Papi et Mamie », une vieille boîte à thé à l'effigie de la princesse Diana que je leur avais rapportée d'un voyage scolaire à Londres.

Mais ici, rien de tout cela. Hormis le fait qu'elle abhorrait le noir et qu'elle aimait organiser des enterrements au point d'y consacrer la majeure partie de son existence, j'ignore tout d'Anna. Est-ce qu'elle a été mariée ? Est-ce qu'elle a eu des enfants ? Est-ce qu'elle a voyagé ?

Un jour, en feuilletant un magazine que Marion venait d'acheter, je suis tombée sur un article intitulé : *« Montre-moi ta maison, je te dirais qui tu es. »* Le rédacteur y expliquait en substance que notre intérieur parle pour nous et en dit long sur ce que nous sommes. À l'époque, la théorie soutenue par le journaliste m'avait semblé juste. Chez Marion, par exemple, il y a des cartes de tarot bien en évidence, un extincteur, un capharnaüm de vieux vêtements jetés pêle-mêle au fond de son placard. Comme des souvenirs dont elle n'aurait pas réussi à se débarrasser, un besoin de se rassurer. Quant à l'extincteur, nul besoin d'explicitation, il parle de lui-même.

Chez moi, une armoire à pharmacie gigantesque, des habits rangés au cordeau, rien ne dépasse. Éloquent.

Ici, en revanche, on dirait que tout a été nettoyé. À présent, le parquet gémissant et la tuyauterie caractérielle ne m'effraient plus. C'est le vide qui m'inquiète. Cette impression de maison témoin, désertée par la vie.

Me voilà prise de frénésie, je veux en avoir le cœur net, j'ai besoin de comprendre maintenant, il me faut percer le secret d'Anna, si secret il y a. Telle une gamine avide d'aventures, une archéologue excitée avant de sonder une pyramide, j'entreprends d'ouvrir toutes les armoires, les buffets, les tiroirs. Je découvre alors, au fond d'un petit meuble, une boîte en fer. Mon cœur bat, je tiens peut-être quelque chose. À l'intérieur, un couteau suisse emballé dans du papier journal, un vieil article en noir et blanc, une statuette en bois dont la peinture s'est écaillée, un agenda vide au papier jauni, une boîte à musique dont la molette tourne dans le vide.

Rien d'autre.

C'est un peu léger ; question retrouvailles avec la grand-tante, on repassera…

Tout à coup, il me semble distinguer quelque chose. Des notes de piano. Pssst se redresse. Les oreilles pointues du petit chien se balancent au rythme de la musique. Il est sourd quand ça l'arrange, celui-là.

La musique provient du sous-sol. Je m'approche de la porte donnant sur l'escalier. Mon cœur rebondit dans mon estomac et mon estomac se dandine à chaque nouvelle note.

Cambrioleur ? Fantôme ?

Au fond de moi, je n'en mène pas large : nous sommes en pleine nuit, je suis isolée en rase campagne, et j'ai, en guise de chien de garde, un yorkshire aussi effrayant qu'un bonbon emballé dans du papier crépon.

Je regarde autour de moi, avise un balai. Ce n'est pas la panacée, mais ça fera l'affaire. Ainsi équipée, j'ouvre la porte, descends les marches. Les battements de mon cœur s'intensifient, tout comme le volume de la musique. Une sueur glacée dégouline entre mes omoplates.

Je me rends compte que je claque des dents.

Je ne suis plus qu'une trouille géante armée d'un balai.

Cette musique, elle me dit quelque chose.

Je la reconnais.

## – 43 –

Avec Pssst sur mes talons, j'avance à tâtons dans le sous-sol obscur, le balai levé, prête à frapper la tête de l'intrus.

Une lumière vacillante filtre sous la porte de l'une des pièces contiguës à la pièce principale. Celle où sont remisés les accessoires et les décors. C'est de là que provient la mélodie.

Plus je m'approche, plus la musique gagne en puissance. Mon souffle est saccadé, mes tremblements s'intensifient. Cette musique…

Les paroles, je les connais par cœur. Les mots s'insinuent en moi sans effort et s'agglutinent à la mélodie.

*Quand il me prend dans ses bras,*

*Qu'il me parle tout bas,*

*Je vois la vie en rose…*

Mes pas me portent plus lentement à mesure que je me dirige vers la porte entrebâillée. Tout à coup, alors que j'ignore ce que je vais trouver, la peur se retire au profit d'autre chose qui s'apparente à de l'émerveillement. Cette musique, c'est si beau… Là, cachée dans la pénombre, j'hésite à présent à rompre le charme. Il y a quelque chose de magique dans ce piano qui joue sans qu'on le voie. Imperceptiblement, je baisse la garde : le balai pendu au bout du bras comme l'arme d'un guerrier défait par un miracle, j'effleure le bois de la porte, la pousse délicatement.

Je me fige.

Grégory. Son dos. Sa nuque. Ses doigts sur le clavier. Irréels dans la lueur tremblotante d'une bougie.

Son interprétation est douce et forte à la fois. Saisissante. Je ne vois que son profil. Est-ce que ce sont des larmes que je discerne sur ses joues ? Ses paupières sont closes. La musique emplit la pièce et gonfle mon âme. Grégory y met tant de choses, il semble jouer comme si c'était la dernière fois. Moi qui ne connais rien de lui, ni son passé ni son présent, qui ne peux même pas présumer de son avenir, j'ai la sensation que sa musique me raconte son histoire. Sa douleur me prend à la gorge, son chagrin me serre le cœur, j'ai subitement envie de le prendre dans mes bras, de le convaincre que le futur est une terre d'espérance.

*Il me parle d'amour et ça m'fait quelque chose.*

Je frissonne. Mes yeux se brouillent.

J'ignore ce que Grégory fait là et comment il est entré. Mais quelle importance au fond ?

Lui, il ne se doute pas de ma présence. De toute façon, il est là sans y être vraiment, il est loin, loin dans ses souvenirs, loin dans sa peine ; et moi, je me fais l'effet d'un cheveu tombé sur la soupe. Est-ce que j'ai seulement le droit d'être ici ? Est-ce que ma présence n'est pas indécente ? Est-ce que je ne devrais pas remonter, oublier cette scène extraordinaire, reprendre le cours de ma vie ?

Voilà. Je suis en train de tomber amoureuse.

C'est idiot, l'amour, ça ne tient à rien : à l'apparition d'un musicien qui se livre à vous sans compter, par le truchement d'une mélodie maintes fois entendue ; à un jeune homme blessé qui tapote sur un piano ; à la lumière orangée d'une bougie dont le halo se reflète sur le mur d'une agence funéraire.

D'un coup, le silence. Trop chavirée par la musique et par le charisme magnétique de Grégory, je ne l'ai pas entendu arriver. Quand je songe à déguerpir, il est trop tard, ses yeux me fixent avec intensité. Il parle lentement :

— Vous êtes là…

Je bredouille :

— Oui, pardon…

— Je suis désolé, je ne voulais pas vous réveiller, euh… je vous ai réveillée du coup ?

— Non…

— Tant mieux… Je vous ai fait peur ?

— Un peu, oui.

Il hoche doucement la tête en arborant une mine chagrinée.

— Pardonnez-moi… c'est que, voyez-vous, je n'arrivais pas à me résoudre à…

J'ai le cœur au bord des lèvres quand je prononce :

— À ?

— À ce que tout ça s'arrête… précise-t-il en désignant la pièce d'un geste de la main. Je voulais moi aussi vous offrir une journée, vous avez été si… enfin bref, demain, enfin si vous êtes libre, nous pourrions aller à la fête foraine qui vient de se monter à Saint-Fargeau. Je ne veux pas vous forcer la main, vous pouvez refuser, ne vous sentez pas obligée, vous ne me devez rien du t…

Tout en croisant les bras pour réprimer les frissons qui m'envahissent, je balbutie :

— Je suis libre.

— C'est vrai ? fait-il sur le ton enjoué d'un enfant ravi.

J'opine du chef, en ajoutant un chevrotant :

— Votre interprétation, elle était merveilleuse…

Il regarde ses chaussures, sa gêne est palpable. Puis, tout à coup, il se lève du tabouret et s'approche de moi. Il me tend la main.

— Vous accepteriez de danser avec moi ?

— Mais, la musique ?

— Nous pouvons chanter…

Je proteste avec amusement :

— Ça sera moche.

— Quelle importance ?

Il a raison. Quelle importance au fond de chanter juste ou faux, l'essentiel est de chanter. Grégory se penche sur le piano, effectue la première mesure, l'accompagnant d'une voix mal assurée :

« Des yeux qui font baisser les miens

Un rire qui se perd sur sa bouche… »

Alors ma voix se mêle à la sienne. Un filet timide d'abord qui ne reprend que les dernières syllabes. Peu à peu, faisant fi du ridicule, ma voix gagne en assurance. Je me laisse guider, mes mains sur ses épaules, ses mains sur mes hanches ; nos corps chaloupent en cadence, au rythme de la chanson que nous malmenons avec délice.

— Attendez !

Il s'arrête avec étonnement et m'observe, amusé, déposer le balai sur le sol. Nous reprenons.

Je sens son parfum. Il me renverse. Je voudrais qu'il m'embrasse.

Il ne m'embrasse pas.

Quelques minutes plus tard, il me quitte en m'annonçant qu'il passera me prendre demain. J'ai le cœur au bord des lèvres.

Je le regarde s'en aller. Si beau.

*Heureux heureux, à en mourir…*

# – 44 –

Ce matin, je m'éveille comme dans un rêve. J'ai le cœur chamallow d'une adolescente. La dernière fois que j'ai ressenti une telle déferlante de sentiments, c'est lorsque mon premier amour du lycée m'a embrassée. Depuis, ma vie sentimentale est un désert aride où ne culminent que quelques palmiers sans palme dans des oasis rabougries. Des histoires de corps qui se rapprochent, jamais d'âmes qui se rejoignent.

Et, bien sûr, chacun y va de son explication…

Mon psy pense que je mets des barrières, que je rencontrerai la bonne personne le jour où je cesserai de lutter contre moi-même.

Ma mère martèle que je suis trop névrosée et qu'aucun type normalement constitué ne pourrait se sentir rassuré auprès d'une angoissée dans mon genre. «Tu leur fais peur, et crois-moi, ce n'est pas une qualité pour une femme. Un homme a besoin d'être tranquillisé, et toi, tu nous mettrais en boule un moine tibétain. Pas étonnant que tu en sois là, ma chérie. »

Mon père, lui, en bon professeur d'histoire-géographie à la retraite, ramène ça à la sociologie parisienne, statistiques à l'appui : « C'est très logique puisque Paris abrite une proportion de célibataires de 44 % en 2017, ce qui est nettement supérieur à la moyenne nationale qui, elle, est de l'ordre de 33 %. »

Ma grand-mère trouve que je focalise, tout en me rappelant que l'horloge biologique n'attend pas le résultat de mes circonvolutions. D'ici peu, je serai plus flétrie qu'un pruneau à l'Armagnac, « sans la petite douceur que procure l'Armagnac au fond du gosier », dixit Mamie Monique.

Naturellement, mon grand-père ne dit rien. Dès que quelqu'un évoque le sujet, il se gratte le nez et se contente de lever les yeux au ciel. Quand il essaie un timide : « Elle a bien le temps de se trouver un gars », il se fait immédiatement rabrouer par son épouse : « Évidemment, toi, Raymond, si je t'avais attendu, on en serait encore à enfiler des perles avec ta mère. »

C'est arrivé sans que je m'y attende, l'amour s'est faufilé par une porte dérobée. Bien sûr, je suis pleine d'angoisse – on ne change pas une équipe qui gagne. Bien sûr, j'ai peur de m'enflammer, après tout Grégory ne m'a pas embrassée, il n'a même pas essayé ; il se pourrait que cette sortie à la fête foraine ne soit d'ailleurs qu'une manière de me remercier, une façon de me dire au revoir, *tchao, arriverderci*, bonne route et prenez soin de vous. Bien sûr.

Pourtant, quand je me remémore la scène d'hier, la lueur de la bougie, cette musique qu'il n'a jouée que pour moi, ce mélange de bonheur et de tristesse dans son interprétation magistrale, j'ai des papillons dans le ventre.

Bref, aujourd'hui, c'est le grand jour.

Comme j'ai envie d'être présentable, je me résous à fouiller dans les affaires d'Anna. Au bout d'une heure, je jette mon dévolu sur un ensemble robe, foulard, veste cintrée, que j'agrémente de mes sempiternelles Converse, histoire de ne pas faire trop guindée. Ainsi vêtue, j'arbore une allure *vintage* très à la mode. J'ajoute une brume de parfum violette-vanille en insistant derrière les lobes de mes oreilles, parce qu'on ne sait jamais, à la faveur d'un élan soudain, il pourrait se blottir dans mon cou.

Voilà, je suis fin prête. Je l'attends, assise sur le sofa, raide, les doigts tordus d'anxiété, les cuisses tressautant à chaque coup de semonce de l'énorme pendule. Pssst, lui, semble avoir compris que je suis sur le point de l'abandonner pour la journée : il vient de s'engouffrer sous le canapé. Seule sa truffe en dépasse.

Seule. Sa truffe. En dépasse.

Sa truffe. Sous le canapé. L'intuition qui m'avait déjà étreint me percute avec une acuité nouvelle. Je sais que c'est absurde. Mais ils sont tellement semblables. Alors, tout en me morigénant parce que je suis forcément timbrée d'oser imaginer une chose pareille, je tente :

— Lulu ?

Pssst quitte aussitôt son abri et, avec une énergie débordante, saute vers mon visage.

Je prends sa petite gueule entre mes mains. Colle mon nez à son museau. Je le fixe. Ses yeux bruns, ses pupilles noires, ses oreilles pointues, ses moustaches légèrement tombantes, son pelage blanchi par les années, sa queue coupée, qu'il ne cesse de secouer…

À nouveau, même si c'est dingue :

— Lulu ?

Debout sur ses deux pattes arrière, Pssst jappe et aboie.

Seigneur… Lulu, c'est impossible. Lulu est mort.

L'intuition grossit. À présent, elle s'étend de mes orteils à ma glotte avec la force d'un boa constricteur. Je dois savoir.

Ni une ni deux, j'avise mon Smartphone. Pas de réseau. J'enrage. Je me précipite sur le téléphone fixe de la maison.

— *Allô ?*

— Maman !

— *Emma, chérie, c'est toi ? Mais d'où est-ce que tu m'appelles, je ne reconnais pas le numéro…*

— De chez Anna.

— *Ah. Tu es encore là-bas.*

— Maman, il faut que je te pose une question.

— *Oh la la, qu'est-ce qui t'arrive encore ? Tu as l'air toute perturbée.*

— Écoute-moi…

— *Oui, mais assieds-toi d'abord si tu n'es pas assise, je ne voudrais pas que tu fasses un malaise et que tu te blesses. Il y a quelqu'un autour de toi, j'espère ? Tu sais que tu ne dois pas rester seule, c'est dange…*

— Maman ! Qu'est-ce qui s'est passé avec Lulu ?

— *Avec qui ?*

— Avec mon chien, Maman. Mon chien !

— *Ah, cette pauvre bête ? Enfin, tu le sais bien, mon cœur, après ton départ, il y a eu cet accident et…*

— Ne me mens pas !

— *Je ne te mens pas, voyons, qu'est-ce qui se passe à la fin ? C'est ce fichu héritage qui te monte à la tête, ma parole !*

— Je veux la vérité !

— *Oh, mais tu m'agaces avec ton cinéma, tu la connais par cœur, la vérité. Qu'est-ce que j'entends près de toi ? On dirait un couinement…*

— Maman, s'il te plaît, qu'est-ce qui est réellement arrivé ? prononcé-je avec une voix aussi tranchante qu'un scalpel.

Une pause. Puis, au bout d'un moment long comme trois siècles :

— *Ne quitte pas, je vais baisser la musique dans le salon, je reviens.*

L'attente est interminable. Pssst lèche ma main avec avidité. Je ne le quitte pas des yeux. Quelque chose dans cette boule de poils, c'est insensé, je me trompe forcément, j'ai toujours eu trop d'imagination.

Je distingue soudain les pas de ma mère se rapprochant à l'autre bout de la ligne. Moins d'une seconde plus tard, elle reprend le combiné.

— *Écoute, Emma, je te préviens, ce n'est pas la peine d'en faire un fromage. Après ton départ, ton père et moi ne nous sentions pas de nous occuper de lui. Un chien, c'est un paquet de contraintes, et nous avions des choses de prévues que nous ne pouvions pas décaler.*

— Des choses de prévues…

— *Absolument, comme venir te voir, par exemple. Eh bien oui, figure-toi que nous pensions à toi, à notre fille unique, seule à l'autre bout du monde.*

Je pressens le pire. Le serpent invisible resserre son étreinte.

— Continue…

— *Alors nous l'avons confié à ta grand-mère. Mais elle non plus n'en voulait pas. À son âge, qu'est-ce que tu veux, elle ne voulait pas s'encombrer avec ça. On ne peut tout de même pas lui jeter la pierre. Du coup, elle l'a confié à quelqu'un d'autre. Et voilà.*

Je tremble de rage. Comment mes parents ont-ils pu me mentir ? Comment sont-ils parvenus à dormir sur leurs deux oreilles après ça, alors que l'annonce de la mort de mon chien m'avait foudroyée au point de développer une narcolepsie dont, aujourd'hui encore, je subis les effets quotidiens ? Je suis écœurée. Lulu n'a jamais péri dans un accident, il a été abandonné parce que mes parents ont refusé de s'en occuper !

— *Donc cette personne l'a adoptée. On ne voulait pas que tu te tracasses avec tout ça…*

— Qui ?

— *Quoi qui, Emma ? Écoute, il va falloir que tu te détendes, je m'inquiète pour toi, tu sais. Tu veux que j'appelle ton psy ? Tu as ton traitement ?*

Je n'attends pas qu'elle termine. Je raccroche et compose immédiatement un autre numéro. Ça sonne. Pour me calmer, j'enfouis mon nez dans le pelage de Pssst aux effluves de soupe. Comme Lulu.

— *Allô ?*

— Mamie !

— *Ah tiens, Em…*

— À qui as-tu donné Lulu ?

— *Qui ça ?*

— Lulu ! Mon chien !

— *Mais enfin, de quoi tu parles, Lulu est mo…*

— Maman m'a tout raconté, à qui as-tu confié Lulu ?

— *Ça ne m'étonne pas de ta mère, tiens, elle n'a jamais su tenir sa lan…*

— Réponds : À QUI ???

— *À quelqu'un, je ne sais plus, voilà, que veux-tu que je te dise ?*

Je m'étrangle d'indignation :

— Comment ça, tu ne sais plus ? Tu donnes un chien sans connaître la personne, toi ? sans même savoir si le chien sera bien traité ?

— *Alors, ma petite-fille, d'abord, tu vas te calmer. Et ensuite, je te rappelle que ce n'était pas mon clébard et que j'ai été bien gentille de ne pas mettre à la rue ton sac à puces, surtout après qu'il m'a dévoré la moitié de mon tapis persan. Tu ne t'es pas posé de question quand tu faisais tes études à l'étranger, que je sache ! Et là, mademoiselle revient comme une fleur dix ans après et demande des comptes. Remarque, vaut mieux entendre ça que d'être sourd.*

Je prends sur moi et me radoucis, je n'obtiendrai rien d'elle en la braquant contre moi.

— Mamie, excuse-moi, un effort, un tout petit, je t'en prie, essaie de te souvenir.

*— Bon, puisque tu insistes… J'avais déposé une annonce devant la maison. Une femme s'est présentée.*

— Elle était comment ?

*— Oh la la, c'est loin. Comment veux-tu que je me rappelle ? Tout ce que je sais, c'est que c'était une femme noire.*

Je tombe des nues.

— Noire, tu en es sûre ?

*— Oui, avec une affreuse robe vert anis sous un long manteau grand ouvert. Une drôle de dégaine.*

Une femme noire habillée d'une robe anis. Mince, se pourrait-il que… ? Tout est si confus… Il faut que je comprenne.

— Il n'y a pas un détail qui t'a interpellée, quelque chose de bizarre avec cette femme ?

*— S'il y avait quelque chose de bizarre ? Ça, tu l'as dit. Elle avait des taches sur la figure. Des taches blanches. Autant que je m'en souvienne, ce n'était pas très ragoûtant. Je me suis dit qu'elle avait des problèmes de dépigmentation, un genre de vitiligo. Elle était agitée. Elle n'arrêtait pas de regarder par-dessus mon épaule, dans la direction du grand miroir. Tu te souviens, celui qu'on avait avant dans le couloir ? Et puis, elle parlait derrière un mouchoir en coton. Comme si elle avait peur d'attraper la grippe ou de nous refiler quelque chose, peut-être son vitiligo… Après, elle est partie avec lui, on n'a plus eu de nouvelles. On n'en pas demandé non plus, faut être honnête.*

Je suis abasourdie. La robe verte de la femme de l'arrêt de bus, le matin où, partie de chez mes parents, je pleurais sur leur manque de considération.

Le chemisier de la femme de la parfumerie, le jour où celles que je pensais être mes amies m'ont laissée choir.

Le chapeau de l'homme fluet qui nourrissait inlassablement les pigeons et qui me saluait de la main quand je passais devant lui, mon cartable sur le dos, sur le chemin de l'école primaire.

Pas une seule photo d'Anna dans la maison.

Et mon vieux chien, que je serre fort fort fort, que je me retiens même de ne pas étouffer tant nous avons d'amour à rattraper.

Cet héritage n'est pas tombé de nulle part. Il n'est pas la lubie d'une vieille femme mourante. Anna a toujours été là.

Toujours.

Je m'assieds sur le sol pour ne pas flancher. Tout s'éclaire.

Ma grand-mère continue de pérorer dans le combiné, mais je ne l'entends plus. Je raccroche, mon traumatisme de trois kilo cinq dans les bras. Mon miracle possède une petite langue rose occupée à laper mes incontrôlables larmes de joie.

Jamais plus je ne t'abandonnerai. Dans trois jours, Lulu, quand il me faudra quitter cette maison, je te jure que je t'emmènerai.

Trois jours. Mince, c'est si peu. Je suis tellement désolée, Anna, de n'avoir pu être à la hauteur de tes espérances.

Merci d'avoir veillé sur moi pendant toutes ces années, en cachette, de loin, comme une poule veille sur le plus fragile de ses poussins.

Merci d'avoir pris soin de Lulu.

Merci pour tout. Et pardon encore. Je n'ai pas ton talent.

Allez, je dois me reprendre et me recomposer une figure présentable. « On n'attrape pas des mouches avec du vinaigre », me dirait Marion. Elle aurait raison.

Grégory ne va plus tarder et mon visage a l'allure d'un terrain vague après la pluie.

## – 45 –

*C'est une belle journée de printemps, pas un nuage n'abîme le ciel bleu, le soleil brille, il fait bon. Parfois, une légère brise soulève les mèches de cheveux et recouvre les bras de chair de poule.*

*Partout, ça sent le sucre, la coco et la vanille.*

*La fête foraine, c'est toujours un événement ici. Le pré où d'ordinaire paissent des vaches paisibles se transforme pour l'occasion. Il se pare de stands de tir gorgés de jouets, d'étals de confiseries luisantes et de manèges à sensation dont les néons clignotent à tout va.*

*Des gosses crient d'excitation. Certains tirent leurs parents par le bras, d'autres trimballent des frangins en bougonnant. D'autres encore dévorent des filaments de barbe à papa sous les regards attendris des mamans. D'ailleurs, l'une d'elles est en train d'essuyer les mains de son garçonnet avec un mouchoir. À deux pas de là, une autre lèche le bout de son doigt pour frotter la bouche de sa petite fille qui lui oppose une moue dégoûtée.*

*Une famille croise une connaissance : ils se saluent puis discutent au milieu de l'allée bondée, évoquent le déménagement prochain d'un voisin commun, le quartier qui change, les magasins qui ouvrent ou qui mettent la clé sous la porte. Ils sont un peu inquiets, la rumeur court que le tracé de la nouvelle autoroute passera à proximité. Ça risque de dénaturer le paysage, forcément.*

*La jeune femme entraîne l'homme vers le carrousel doré sous sa guirlande lumineuse. Elle choisit un immense cheval blanc en bois. Comme les étriers sont coincés, il la porte pour la soulever et la hisser sur la selle. Pour ne pas trop s'éloigner d'elle, lui a pris place sur le mulet ridicule juste à côté. Elle se réjouit du contraste, lui si petit soudain, et elle si haute ; elle a dit : « Pour une fois que je vous dépasse ! »*

*Le manège se met en branle. Surprise par le mouvement, elle se cramponne à la rampe mouvante du cheval. Elle monte et il descend. Elle descend et il monte. Ce décalage les amuse. Ils sont les seuls adultes du manège, mais ils ne détonnent pas dans le décor : on dirait des enfants. Les mèches de ses cheveux dansent. Elle est si légère qu'il craint qu'elle ne s'envole. Elle rit. Il songe qu'elle a un rire cristallin, et que ce rire-là, il aimerait l'entendre le matin, le midi, le soir, et le matin à nouveau. Que la vie doit forcément valoir le coup quand on se réveille au son d'un rire pareil.*

*Ils sont pris de court quand le carrousel s'immobilise. Il aurait voulu que ça dure.*

*Un peu plus loin, un stand de tir à la cabine.*

*— Venez, venez ! l'enjoint-elle.*

*— Vous allez voir ce que vous allez voir, lui lance-t-il en signe de défi.*

*Elle gonfle les joues, feignant d'être épatée, elle se bouche les oreilles, il perd. Elle le charrie gentiment, saisit la carabine, rafle le gros lot sous les quolibets du forain.*

*— Il vous faudra courir vite pour pas vous prendre un coup de plomb si jamais vous êtes pas sage avec vot'dame. Elle a une sacrée bonne détente, hein, pas comme vous !*

*Le soleil décline, l'air fraîchit, la journée, déjà, s'achève. Ils sont fourbus de s'être tant divertis. À présent, ils se baladent côte à côte en silence dans les effluves de caramel et de pommes d'amour. Tandis qu'ils dépassent un jeune couple charriant un landau en direction de la sortie, ils échangent un regard timide, lourd de sous-entendus.*

*Pour éviter que le malaise d'une trop grande solennité s'installe, elle le pousse de l'épaule en baissant la tête avec un petit sourire en coin. À son tour, il la pousse. De fil en aiguille, ils se chamaillent, se courent après, quitte à cogner les passants. Les plus vieux voudraient les réprimander, les plus jeunes les contemplent avec envie.*

*Ils s'arrêtent soudain, hors d'haleine, se penchent pour reprendre leur souffle, les mains posées sur leurs cuisses, et rigolent de se voir si essoufflés. Tout à coup, sans que lui-même sache bien pourquoi ici et maintenant, il attrape sa main. Ses prunelles, plus brillantes que jamais, s'infiltrent dans celles de la jeune femme. Celle-ci baisse légèrement la tête, intimidée. Il pose ses doigts sur son menton, le relève, dépose un baiser sur les lèvres entrouvertes. Ils ferment les yeux.*

*Ce soir, l'éternité a le parfum d'un bonbon.*

*Ils marchent, l'âme et le cœur au diapason, et finissent par se quitter à regret pas trop loin de chez elle. Pas trop près non plus pour ne pas être tentés d'abuser de cette soirée magique.*

*Il est le plus heureux. Un peu branlant sur la corde de son existence, mais il sent qu'il est près de tomber du bon côté. C'est un funambule confiant. À tel point qu'il a une envie folle de jouer de la musique ce soir. Il jouera toute la nuit, il composera même, il a déjà un air dans la tête, ça fait combien de temps que ça ne lui était pas arrivé ?*

*Mais le destin enlève parfois ce qu'il donne.*

*Tandis qu'il prend la direction de chez lui, l'esprit virevoltant, le cœur en pâmoison, l'esprit tendu du désir de chanter à tue-tête et de goûter à nouveau aux lèvres de miel de la jeune femme, il ne soupçonne pas qu'une lettre l'attend. Et qu'elle va tout balayer.*

# – 46 –

J'adresse un dernier signe de la main à Grégory qui disparaît dans la nuit en m'envoyant des baisers. Puis je me dandine sur les graviers en applaudissant pour que les lampes s'allument.

Comment se fait-il que le monde soit identique à celui de ce matin ? que je sois la seule à ressentir ce tsunami d'émotions ? Je voudrais que les oiseaux chantent, même la nuit. Que le ciel se couvre d'étoiles filantes. Que la maison clignote. Bref, que quelque chose survienne et fasse écho à ce qui explose dans le tréfonds de mon être.

« Viens à la maison,

Y a le printemps qui chante. »

Cette chanson. Je souris comme une andouille bienheureuse en me remémorant mon arrivée ici, mes premières impressions, l'air revêche de la clerc de notaire. Ce soir, je suis tellement joyeuse que je pourrais la serrer contre moi et la remercier. Je ne touche plus terre.

À mesure que je progresse vers le seuil, je songe que rien ne pourrait m'atteindre. Même le mensonge éhonté de mes parents semble s'être volatilisé dans une autre dimension. Je suis intouchable et invincible. Tout à l'heure, il faudra que j'appelle Marion. Pour lui raconter. En attendant, je vais profiter de Lulu. Et ne plus jamais le quitter. Parce que ça aussi, c'est une sacrée histoire.

Je monte les marches en pierre. Quand, tout à coup, quelque chose m'interpelle. La porte d'entrée n'est qu'entrebâillée. Je suis pourtant certaine de l'avoir fermée en partant. Je vérifie, les clés sont dans ma poche. Je pousse la porte du bout des doigts :

— Liliane ? Maurice ? Vous êtes là ?

Pas de réponse. J'avance. Mon pied bute sur un objet. L'obscurité m'empêche de distinguer de quoi il s'agit. Et mon chien, lui toujours si prompt à me rejoindre, pour quelle raison n'est-il pas encore venu à ma rencontre ? J'appelle :

— Lulu ?

Toujours rien. L'inquiétude me gagne. Je tends le bras vers l'interrupteur. C'est la douche froide, l'équivalent d'un coup de poing dans le plexus.

La maison est à sac, les tiroirs balancés par terre, l'écran du téléviseur brisé, la commode esquintée et vidée de son contenu. La boîte où jadis se trouvaient les quelques souvenirs d'Anna a été violentée : l'article a été déchiré, le couteau suisse et la statuette embarqués.

— Lulu ? Lulu ? Lulu ? Où es-tu ?

Au rez-de-chaussée, des tiroirs retournés, des placards démolis. J'enjambe le fourbi, monte à l'étage sans cesser d'appeler mon petit yorkshire dont l'absence m'effraie de plus en plus. Là-haut, le spectacle est tout aussi désolant : la totalité des pièces a été fouillée, les matelas éventrés et renversés. La chambre d'Anna, en haut de la tourelle, n'a pas été ménagée : c'est un champ de ruine. Ses vêtements ont été jetés pêle-mêle sur le sol, certains ont été tailladés. Les perles de ses bijoux fantaisie jonchent le parquet ; ses colliers, ses boucles d'oreilles, ses bracelets ont été arrachés, déchiquetés.

Je cours comme une dératée et hurle des « Lulu » dans tous les coins, en vain. Mon chien reste introuvable. Je dévale les escaliers, ralentis à l'approche du jardin japonais. Mais de lui non plus ne subsiste pratiquement rien : le beau jardin est une scène de guerre, les tuyaux de la cascade pendouillent comme des vers amorphes et lamentables, la table et les fauteuils blancs sont cassés, les bonzaïs sont déracinés, la terre répandue sur le carrelage. Dans la pièce adjacente, le piano fracturé me noue l'estomac. Idem pour les décors et costumes des enterrements organisés par ma grand-tante. Et pour la chambre mortuaire où seul le cercueil, allongé sur ses tréteaux, est miraculeusement debout. Comme un présage.

Je m'effondre sur le sol. Entre deux sanglots, je hoquette des « Lulu » suppliants, de plus en plus faibles.

Je suis atterrée.

Anna, de ton travail, de ta maison, il ne reste plus rien.

Lulu… Jamais je ne me pardonnerai de t'avoir encore abandonné. Pourvu qu'ils ne t'aient pas fait de mal.

Recroquevillée sur le sol, je place ma tête entre mes genoux et me balance d'avant en arrière pour juguler la peine et les regrets. Je me sens perdue. Comment je vais faire ?

Tout à coup, un gémissement. Je relève la tête.

— Lulu ?

Les gémissements augmentent, se muent bientôt en aboiements furieux.

— Lulu, c'est toi ? Où es-tu, mon Lulu ?

Je me mets debout, tends l'oreille. Dix fois au moins, je manque de trébucher sur le désordre.

— Lulu, mon chien, j'arrive, je viens, ne t'inquiète pas, je suis toute proche.

Le cercueil.

C'est pas vrai.

Maintenant que j'approche, je distingue le son de ses griffes grattant frénétiquement le bois. J'appuie de toutes mes forces sur le couvercle. Mais il résiste. Alors j'y pose un pied et, dans un effort dont je ne me croyais pas capable, je manœuvre l'une des poignées en ahanant, tant et si bien que ma robe se déchire. Je dois avoir l'air d'une folle furieuse, mais je m'en fiche : mon chien est là-dedans et si je ne trouve pas vite une solution, il pourrait manquer d'oxygène.

## – 47 –

Je tire dans un élan désespéré. Brutalement, je perds l'équilibre et me retrouve par terre, les quatre fers en l'air, sonnée par le choc. Mais rassérénée au contact de la truffe chaude de Lulu qui, libéré, s'est précipité sur moi.

Mon chien est sauvé. Je le serre contre moi et, ensemble, nous demeurons au milieu du chaos, inutiles et perdus. Ma tête tourne.

*Respire respire respire.*

Mes jambes et mes bras se contractent. Je connais par cœur ces symptômes.

*Respire respire respire respire.*

L'obscurité gagne du terrain.

*Respiiire.*

Je serre les poings. Je tiens bon. Je crois que ça y est, c'est passé, je ne tomberai pas, il semblerait que j'ai vaincu ce nouveau malaise.

On en est où dans les comptes déjà ? Ah oui :

Narcolepsie/Cataplexie : 4 – Emma : 3.

Voilà qui est encourageant.

Malheureusement, le reste n'est pas très réjouissant. Il était déjà peu probable que je parvienne à organiser un enterrement digne de ce nom en trois jours, mais là, avec la maison et l'entreprise dans cet état, cela relèverait carrément du prodige.

J'ai besoin d'aide. Liliane ? Inconcevable : elle mourrait de voir la maison cambriolée et l'œuvre d'Anna réduite à néant.

Maurice ? Je me rends compte que j'ignore où il habite et que je n'ai aucun moyen de le joindre sans l'intermédiaire de Liliane.

Le notaire ? Non, il risquerait de récupérer les clés plus tôt que prévu s'il était mis au courant…

Grégory ? Évidemment.

Je prends mon chien sous le bras – hors de question de le quitter désormais – et je sors de la maison. Mon plan est simple : faire du stop. J'admets que faire du stop, en rase campagne, alors qu'il est plus de 21 heures et que la nuit ressemble à un collant opaque, ce n'est sans doute pas la meilleure idée de l'année. C'est pourtant la seule que j'ai en stock.

Du coup, j'attends, les deux pieds en travers du fossé qui longe la nationale, le pouce tendu, Lulu accroché à mon épaule comme un rat apeuré.

Et j'attends.

J'attends. Tout en me demandant ce que je fiche là. Une voiture arrive, puis me dépasse dans une vexante indifférence. J'attends. Une autre voiture. Celle-là s'arrête.

— Vous avez besoin d'aide ? m'interroge une voix féminine en ouvrant sa fenêtre.

— J'ai besoin d'aller du côté de…

— Mademoiselle Heussler ?

La barbe, la clerc de notaire. Décidément, rien ne me sera épargné ce soir.

— Ah bonsoir, madame…

Je me rends compte que je ne connais pas son nom.

— Tout va bien ?

Je me compose une mine assurée :

— Oui, oui, parfaitement bien, mon chien et moi, nous nous promenons tranquillement.

Elle me dévisage de pied en cap, s'arrête sur ma robe en vrac.

— Montez, je vais vous conduire.

Je n'ai pas la force de lutter, j'ai tant besoin de m'asseoir auprès d'une âme compatissante, bien qu'en mon for intérieur, je maudisse le ciel de n'avoir pas daigné m'envoyer une âme autrement plus compatissante que celle-ci.

— Alors, commence-t-elle dès que je suis installée sur le siège passager, comment se déroule votre prise de fonction ? Une entreprise comme la vôtre ne doit pas connaître la crise, n'est-ce pas ?

Elle ricane. Mais ses yeux immobiles ne s'accordent pas avec le son que vient de produire sa bouche. L'effet est saisissant. J'ai l'impression qu'ils me transpercent. Même Lulu se recroqueville dans mes bras.

— C'est encore timide, mais je tiens le bon bout, rétorqué-je en m'efforçant de fixer la route.

— Tant mieux.

Une pause. Cette femme est ahurissante. Aucune sympathie n'en émane. On dirait un bloc de granit.

À nouveau :

— Tant mieux.

Elle inspire une longue bouffée d'air.

— Bien, alors, où est-ce que je vous emmène ?

— À Lalande.

— Lalande, à cette heure ? s'étonne-t-elle. Vous connaissez du monde dans le coin ?

Ses questions m'agacent.

— Un ami, je réplique entre les dents.

— Et l'adresse de votre ami, c'est ?

— 2 chemin de la fontaine.

— Le fils Lemaire !

— Vous connaissez Grégory ? fais-je en essayant d'amoindrir l'intérêt qu'elle pourrait discerner dans ma voix.

— C'est un tout petit patelin ici, tout le monde se connaît. Surtout Grégory Lemaire…

Je me tourne vers elle.

— Comment ça, « surtout » ?

Ses lèvres s'ouvrent et laissent entrevoir de petites dents blanches pointues. Elle va parler. Se ravise en secouant la tête. Se contente de prononcer ces paroles énigmatiques :

— Si j'ai un seul conseil à vous donner, c'est de ne pas vous fier à sa gueule d'ange.

Et elle ajoute :

— Ceci dit, vous ne seriez pas la seule à vous faire avoir.

Je n'insiste pas : la soirée est suffisamment compliquée et riche en émotions pour que je ne me risque pas à arpenter un terrain glissant. Je préfère m'en remettre à mon intuition. Or, celle-ci me commande de courir dans les bras de Grégory pour y trouver réconfort et solution à tous mes ennuis.

La voiture traverse des bois sombres et sinue sur la départementale déserte bourrée de ronds-points et de ralentisseurs. Le visage de la clerc de notaire apparaît et disparaît à la faveur de l'éclairage de son tableau de bord. Dans un petit quart d'heure, je serai avec lui. Et il saura quoi faire.

# – 48 –

*Le visage de l'homme s'éclaire par intermittence. Dans ses yeux, le reflet des flammes qui grignotent la lettre. Immédiatement après l'avoir jetée dans l'âtre, il a regretté ce geste commandé par la colère. Alors il a essayé de récupérer le courrier, à mains nues. Évidemment, il s'est brûlé les doigts.*

*Il aurait dû passer sa main sous l'eau froide. Comme il a enjoint son aîné à le faire l'année dernière quand ce dernier avait fait tomber une voiture miniature appartenant à son frère dans le feu qui servait à détruire les mauvaises herbes du jardin. Le garçonnet a eu le réflexe d'attraper le jouet, au mépris des règles de sécurité les plus élémentaires. Au moment où les flammes sont entrées en contact avec son épiderme, le bambin a hurlé. L'homme s'est alors précipité sur son fils en pleurs et l'a porté jusqu'au baquet de récupération des eaux de pluie. Là, il a plongé la petite menotte. Peu à peu, les larmes se sont taries.*

*— Pierre ne me pardonnera jamais, a sangloté l'enfant.*

*L'homme s'est mis à la hauteur de son fils et il a embrassé la main meurtrie que l'enfant, par crainte de réveiller la douleur, n'osait pas bouger.*

*— Ton frère saura que tu as tout fait pour rattraper ton erreur. C'est ça le plus important. On a le droit de se tromper, mais on doit tout faire pour réparer. Ce qui compte, ce sont les remords. Tant qu'on a des remords, on est quelqu'un de bien.*

*L'enfant s'est blotti contre le torse de son père, au point de faire disparaître son petit visage gercé par le sel et l'humidité dans la grande chemise souillée de cendres qui sentait la fumée.*

*C'est un joli souvenir. Mais comme tous les jolis souvenirs, il ne fait qu'accentuer le gouffre abyssal de son âme.*

*L'homme aurait donc dû passer sa main sous l'eau froide. Mais non, pas l'envie, pas le courage, pas l'utilité non plus. La douleur physique portée au niveau de celle qui cuit son cœur. Il observe la lettre qui part en fumée. Les lettres tracées avec application. Il imagine son fils tirer la langue en même temps qu'il la rédige, les doigts tordus sur le crayon.*

« Cher papa,

Maman m'a demandé de t'écrire pour te dire que tout va bien et qu'il ne faut pas que tu t'inquiètes pour nous. Nous sommes inscrits dans notre nouvelle école. Pierre a appris à pêcher.

Je t'aime. Tu nous manques. »

*Les flammes dansent en détruisant les mots de son fils. Il serre les poings. Il serre les dents.*

*Il a oublié la musique, la fête foraine, la jeune femme, la nouvelle vie.*

*Il a trop mal. Ça ne sert plus à rien. Il veut que ça s'arrête. Il veut mourir. Ce soir.*

# – 49 –

— Voilà, vous y êtes ! m'annonce la clerc de notaire d'un ton sec.

Comme si elle craignait que je ne descende pas, elle se penche de mon côté et ouvre la portière. Je m'extirpe de sa voiture, Lulu toujours tremblant dans mes bras. Le pauvre chien ne se remet pas de son coup de stress.

— Bonne soirée et à très très vite ! jette-t-elle avec un sourire sardonique juste avant de démarrer sur les chapeaux de roues.

Son « à très très vite » me fait froid dans le dos. J'ai l'impression désagréable que ma déroute la réjouit. Je hausse les épaules, je me fais sûrement des idées : j'avoue que mon esprit, malmené depuis quelques heures, n'est pas au clair. Je suis à fleur de peau et je me connais suffisamment pour savoir que, dans ces moments-là, je suis capable d'élaborer les scénarios les plus délirants.

La seule chose qui m'importe à cet instant précis, qui m'empêche de ressasser le fait que dans moins de trois jours il me faudra rendre les clés à Me Rouche et renoncer à cette maison, c'est la perspective de retrouver Grégory, ses bras, son odeur, sa voix.

Je m'éclaire à l'aide de la lampe-torche de mon Smartphone et je secoue la clochette qui se trouve près du portail dégingandé. Personne ne répond. Réalisant que ce n'est pas fermé, je pousse la porte et pénètre sur le terrain de la propriété. Une lumière orangée filtre à travers les persiennes closes, mais ajourées, de la maison. Je suppose qu'il s'agit d'un feu de cheminée. En dépit de mes récentes déconvenues, mon cœur s'emballe tel celui d'une adolescente à une minute de son premier rendez-vous, lorsque l'odeur d'eau de toilette de celui qu'elle aime précède l'arrivée de son amoureux.

Je toque à la porte.

Je retoque à la porte.

Mon ventre se crispe. Il est pourtant là, il n'aurait pas quitté sa maison en laissant le feu allumé dans la cheminée.

Je reretoque.

— C'est moi. C'est Emma…

La porte s'ouvre. Il est face moi. Les vannes lâchent, je tombe dans ses bras, en pleurs. Si je me suis efforcée d'être forte face à la clerc de notaire, à présent, je me laisse complètement aller. Je sanglote sans pouvoir m'arrêter. Je voudrais expliquer, mais je bafouille et ne réussis qu'à bégayer :

— Il y a eu… il y a eu… un cam…

— Entrez, fait-il en me poussant doucement par les épaules, venez vous réchauffer.

Je m'abandonne à lui. Quand, tout à coup, un objet attire mon attention. Je me dégage de son étreinte. M'approche de ce qui est posé sur la desserte du couloir.

Je la reconnais.

La statuette en bois d'Anna, celle de la boîte en fer. Celle qui a disparu dans le cambriolage.

*« Si j'ai un seul conseil à vous donner, c'est de ne pas vous fier à sa gueule d'ange. »*

La phrase de la clerc de notaire galope sous mon crâne. Elle prend brusquement tout son sens.

— Vous ?! hurlé-je en reculant. Comment avez-vous pu faire une chose pareille ???

Il passe de la statuette à moi sans rien dire, les yeux écarquillés, sûrement mal à l'aise d'avoir été confondu aussi vite.

La situation m'apparaît maintenant avec une clarté si éblouissante qu'elle rôtit ma rétine. Il a prétexté une volonté de suicide pour s'immiscer à l'intérieur de la maison et, quand il a été bien certain de me tenir entre ses griffes, il a décidé de m'éloigner de la propriété le temps que ses complices se chargent du sale boulot.

Quelle idiote ! Je me sens trahie, humiliée, salie. Même la mémoire d'Anna a été souillée dans cette affaire. Comment ai-je pu tomber dans les bras d'un voleur et me faire avoir aussi facilement ? Finalement, rien n'a changé, je suis toujours l'éternelle perdante, abonnée aux mauvais choix. Intuition, mes fesses. Force est de constater que j'ai moins d'intuition qu'une moule bouillie dans du vin blanc.

— Emma, je vous en prie… m'implore-t-il en posant ses doigts sur mon avant-bras, celui sur lequel repose Lulu.

Je repousse sa main d'un geste vigoureux. Je veux partir d'ici. M'enfuir. Ne plus jamais avoir affaire à lui. L'oublier, balayer le fait que je pensais être amoureuse, m'asseoir sur ma déception et piétiner le bonheur que j'ai cru à ma portée. Je déteste les fêtes foraines, les circuits, les motos, les grandes roues.

Je vais partir.

D'ailleurs, je suis déjà sur le pas de la porte.

Et je fais demi-tour. Hors de question que je lui laisse ce qui appartient à ma grand-tante. Comme je refuse de lui montrer que je suis à bout de nerfs, je relève la tête, reviens sur mes pas et le dépasse en arborant un air hautain jusqu'à saisir la figurine. Puis je claque la porte. Là, sur le seuil, ma fierté à deux sous se dégonfle. Je me mets à courir comme une dératée dans la nuit noire, un petit chien et une statuette en bois dans les bras, les yeux inondés de rage et de désillusion.

Je m'enfuis aussi vite que je le peux. Je refuse de lui laisser l'occasion de me séduire encore avec des excuses bidon et des explications vaseuses.

Pour lui, j'ai tout risqué.

Pour lui, j'ai tout perdu.

# – 50 –

*Il demeure immobile un temps infini, hypnotisé par le crépitement des flammes et leur mouvement ondulatoire.*

*Au bout d'un moment, il monte à l'étage. Enlève les draps de son lit. Les remplace par du linge lavé de frais, du coton blanc orné de fleurs. Cette parure leur a été offerte pour leur mariage.*

*Puis il se dévêt pour enfiler une chemise et un costume élégant, le seul qu'il possède. Il passe la main sur son col pour lui donner une forme parfaite, ferme un à un les boutons de sa veste.*

*Il tire le premier tiroir de la commode, ouvre la boîte en cuir qui trône à l'intérieur, en extirpe deux boutons de manchette qu'il accroche. Il vaporise sur son torse un peu de parfum, s'observe une seconde dans le miroir.*

*C'est un grand moment.*

*Il est parfait.*

*Il vérifie que le loquet des volets est correctement enclenché, il ne voudrait pas que le vent vienne les faire voler jusqu'à fracasser les fenêtres. Il n'aimerait pas que la maison, témoin de leur bonheur, vole en éclats.*

*Il descend les marches. Songe que le parquet grince, que la latte, là-bas à gauche, gagnerait à être remplacée. Il brosse ses chaussures, les essuie à l'aide d'un chiffon afin d'enlever le surplus de cirage. Les enfile.*

*Il prend les clés de sa voiture. Sort de chez lui.*

*Revient : il a oublié d'éteindre le feu dans la cheminée.*

*Alors il l'asperge d'eau et l'étouffe à l'aide d'une bassine en fer.*

*Puis il sort à nouveau. Pour de bon cette fois.*

*S'engouffre dans la voiture qui dort dans son garage, celle qu'il n'utilise presque plus. Il espère qu'elle a du jus, que la batterie ne fera pas défaut, une voiture s'use d'être inutile. Un peu comme lui. Mais la voiture démarre dans un feulement rauque.*

*Il roule sur la départementale. Accélère. Freine pour prendre le virage.*

*Ensuite, c'est la ligne droite.*

*Pied au plancher, il écrase la pédale. Il aime la vitesse.*

*La ligne droite s'achève sur une pente douce. Il faudrait tourner légèrement à gauche.*

*Il ne tourne pas. L'allure augmente, normal puisque c'est une descente et que la voiture a de l'élan.*

*Il ne tourne pas. Quitte la route. Dévale le champ de blé en contrebas. Dans l'habitacle, ça fait un raffut de tous les diables ; il est projeté à gauche, à droite, à la faveur des aspérités du terrain. Il dévale, dévale jusqu'à l'arbre, un orme gigantesque deux fois centenaire.*

*S'encastre dans ses sept mètres dix-huit de circonférence.*

# – 51 –

J'ignore combien de temps il m'a fallu marcher pour rallier Sainte-Colombe. J'ai suivi les panneaux, hébétée, pendant des kilomètres. Quand je suis arrivée chez Anna, j'ai entrepris de ranger. Mais c'était trop, il y en avait partout, je ne savais pas par où commencer, je ne faisais que déplacer le désordre. Je me suis endormie comme ça, au milieu du fatras, dans les frusques d'Anna étalées par terre, à la fois honteuse et furieuse, avec la ferme intention de me rendre au commissariat porter plainte contre Grégory dès que Maurice pourrait m'y conduire.

Je ne me souviens pas d'avoir rêvé. Mais je me rappelle m'être réveillée à plusieurs reprises en sursaut, suant et suffocant, avec l'impression désagréable d'avoir été prise au piège, victime imbécile d'un traquenard fomenté depuis des lustres.

Au petit matin, la sonnerie de la porte m'a expulsée du tas de vêtements où j'avais trouvé refuge. Sur le seuil, j'ai trouvé Liliane fraîche comme une fleur, l'odeur de pivoine sur ses joues fardées de rose, son sempiternel thermos de café au bout du bras, l'encre bleue sur le dos de sa main droite qui disait : « Emma est là. Tout va bien. »

Depuis deux semaines, Liliane n'utilise plus ses clés pour entrer ici. Elle considère que je suis chez moi et qu'il serait impoli de pénétrer dans la maison à mon insu. Une délicatesse. Une sacrée marque de confiance aussi.

Que j'ai trahie en tombant dans les bras d'un pauvre type, un voyou, qui m'a fait tourner la tête avec trois misérables notes de musique.

*Quand il me prend dans ses bras.*

*Qu'il me parle tout bas.*

Blablabla.

Quand elle a compris que la maison avait été « visitée », Liliane n'a rien dit. Ce silence, dans lequel pourtant ne pointait aucun blâme, m'a mise en vrac. Sans prononcer un seul mot, elle a soigneusement rangé les affaires d'Anna avec un respect et un dévouement poignants, a nettoyé ou recollé les morceaux de ce qui avait été brisé.

Voilà où nous en sommes : Liliane ne cesse de s'activer depuis son arrivée et moi, je tourne en rond comme un cheval fou dans son enclos. J'aimerais lui apporter mon aide, mais je n'ose rien toucher, je crains de casser ce qui est encore entier, de salir ce qui est pur. Tout ce foutoir, c'est ma faute.

Je n'arrive pas à me faire à l'idée que j'aie pu me tromper à ce point sur Grégory. Je n'ai pas rêvé, il m'a bien sauvé la vie au péril de la sienne, non ? Alors tout ça, ce n'était que du flan, un complot pour m'entourlouper ?

Et dans deux jours… deux jours… Rien que d'y penser me donne envie de m'enfouir dans une termitière.

Alors que je suis attablée dans la cuisine et que je rumine, Liliane vient me trouver. Dans sa main – au dos de laquelle elle a ajouté la mention du vol pour ne pas l'oublier –, la statuette en bois.

— Dites, je ne sais plus où Anna rangeait ça.

Je marmonne tristement tout en avisant nonchalamment le couloir.

— Dans la commode du sal…

Tout à coup, mon regard morne se pose sur l'endroit où j'ai abandonné la pièce à conviction quand je suis rentrée cette nuit. Mon cœur manque un battement, je me fige : elle s'y trouve toujours. Je passe sans comprendre de la figurine que tient Liliane à l'autre, celle du couloir. Quoi ? Comment ? Qu'est-ce que ça signifie ? Je bondis et me précipite dans le couloir pour attraper l'autre statuette. Je la place ensuite fébrilement à la hauteur de celle que tient Liliane. Je les compare en tentant de contenir le malaise qui commence à dégouliner à l'intérieur de moi, comme la lave d'un volcan colérique.

Je n'en reviens pas : même gabarit, même forme de petit lutin enfantin. Les traits du visage sculptés diffèrent quelque peu, la peinture ne s'est pas écaillée tout à fait de la même façon sur les deux figurines ; mais il ne fait aucun doute qu'elles sont l'œuvre d'un seul artisan et qu'elles ont été fabriquées pour être réunies.

Donc Grégory et Anna en possèdent chacun un exemplaire. Je suis mortifiée d'avoir été si cinglante envers Grégory.

— Emma, vous vous sentez bien ? Vous êtes toute blanche…

La voix de Liliane me ramène à la réalité. Je bredouille que ce n'est rien d'autre qu'un coup de fatigue, que ça ira mieux après un café. Avec sa prévenance habituelle, elle s'empresse de renverser le contenu du thermos dans une tasse en porcelaine. J'entends le glouglou, je sens les effluves des grains torréfiés, mais mon esprit est ailleurs : les yeux rivés sur les statuettes allongées l'une à côté de l'autre sur la table, je cherche des réponses.

— Vous l'avez trouvée où, celle-ci ? m'interroge brusquement Liliane en posant son index sur la seconde figurine.

— Chez Grégory Lemaire, notre client, précisé-je pour gagner du temps et lui éviter de rassembler des souvenirs inexistants.

— Vous savez donc tout… soupire-t-elle en s'asseyant pesamment.

— Tout ? lancé-je, étonnée, en me rongeant l'ongle de l'index. Oh Liliane, je n'y comprends rien au contraire…

Des larmes de confusion et d'impuissance commencent à garnir le coin de mes paupières. Liliane paraît tout à coup dubitative.

— Vous savez au moins qui est notre client ?

Je secoue la tête, désarçonnée. Elle se tourne vers la fenêtre et se met à contempler pensivement le ciel, ses doigts entrelacés posés sur le petit renflement de son ventre.

— Vous croyez aux contes de fées ? me demande-t-elle soudain.

Honnêtement, là tout de suite, plutôt moyennement. Mais elle n'attend pas de réponse, elle enchaîne, les yeux harponnés par le manège nuptial de deux colombes :

— Dans les contes qu'on raconte aux enfants le soir, les fées naissent fées. Mais ce ne sont que des histoires de gosses. Dans la vraie vie, elles le deviennent et se découvrent dans l'adversité. C'était le cas d'Anna.

Sur ces mots, elle s'arrête, comme pour me laisser prendre la mesure de ce qu'elle est en train me révéler. Ses lèvres esquissent alors un sourire fripé. Quant à son regard, il se perd dans le jardin, par-delà le charme et la tribu de saules pleureurs. Elle continue sur un ton évanescent :

— C'est une histoire qui débute mal et se termine bien. L'histoire d'un jeune homme abîmé que l'amour n'est pas parvenu à sauver et d'une jeune femme qui n'a trouvé de guérison qu'en distribuant du bonheur.

La voix rauque légèrement voilée, le dos droit, Liliane caresse Lulu machinalement tout en me narrant l'histoire d'Anna. Dans l'atmosphère de la cuisine s'invite alors en transparence l'image d'un jeune homme sensible, musicien dans un bar de Saint-Sauveur, sculpteur à ses heures, privé de la présence de ses enfants, qui ne s'est jamais consolé du départ de sa femme qu'il aimait à la folie. Puis le jeune homme se dissout, les particules de poussière voletant dans la pièce prennent la forme d'une jeune femme fragile et gracile, peu sûre d'elle, un peu bohème, un peu poète, un peu trop sérieuse peut-être avec son corset noir, tombant éperdument amoureuse de ce musicien qui jouait avec tant de conviction et que les gens venaient voir de loin.

Liliane parle et, par la force d'évocation de ses mots, leur couple prend vie devant moi dans les volutes de fumée du café chaud.

Ils sont sur une colline, assis, elle a le vertige, il lui tient la main, ils s'apprivoisent et s'apprennent. Puis les voilà dans une fête foraine, les flonflons d'un après-midi d'avril, odeur de barbe à papa dans l'air et ballons de baudruche au bout des bras des petits enfants, premier baiser, dernier baiser déjà. La promesse. Puis le drame, le suicide, la voiture démantibulée contre l'orme, le bout de lettre qu'on a retrouvé le lendemain à moitié calciné dans l'âtre de la cheminée et qui traçait en lettres d'enfant les adieux à un père désespéré. En une milliseconde, les particules se délitent et se reforment pour dessiner le chagrin vertigineux d'Anna. Dans la fumée, son visage s'assombrit, il n'est plus que brouillard, jusqu'à sa promesse, faite à son cœur et à celui qui a choisi l'ombre plutôt que la lumière, de réparer et de guérir les maux des autres. Dédiant sa vie à l'espoir. Offrant à ceux qui souffrent de la perte une bulle de joie et la possibilité d'un renouveau.

L'homme s'appelait Édouard Lemaire, il avait 35 ans. Deux fils. Une statuette pour l'aîné, Pierre. Une statuette pour le cadet, Jean-Paul…

Jean-Paul. Les lunettes d'aviateur. Le petit Grégory, le mot dans le dossier de son père.

Anna et moi. Tant de similitudes dans nos histoires.

Ça alors…

Jusqu'à aujourd'hui, j'ai cru que le hasard commandait notre destin. Depuis mon retour d'Australie, je m'en suis remise aux coïncidences, me laissant ballotter par les événements, ne pouvant leur opposer qu'une anxiété stratosphérique et des crises d'angoisse à répétition en guise de remparts. Mais en entendant le récit de Liliane, je prends conscience qu'il n'y a que des rendez-vous.

Qu'Anna a veillé tout du long, près de moi puis par-delà la mort. Depuis mon enfance jusqu'à aujourd'hui.

Qu'Édouard aussi, à sa manière, m'a guidée jusqu'à Grégory. Pour que son petit-fils ne se noie pas dans le même océan de désespoir.

Bref, tout cela devait nous conduire ici et maintenant, pour que l'on transforme l'histoire. Une seconde chance en quelque sorte.

À court de mots, j'articule :

— C'est magnifique…

Liliane acquiesce faiblement.

— Magnifique, c'est vrai, mais cela lui a coûté bien cher.

Avant d'ajouter, dans une moue résignée :

— Que voulez-vous, les fées ne sont pas toujours bien perçues par le commun des mortels.

La voix de ma grand-mère retentit alors dans mon crâne : *Un héritage ? Cette folle de Chaillot ? Eh ben, on aura tout vu !*

Contre toute attente, Liliane se lève.

— Il va faire beau, aujourd'hui, annonce-t-elle pour clore la discussion.

Je me lève à mon tour et m'approche d'elle.

— Liliane, je vous en prie, expliquez-moi pourquoi Anna n'avait plus de contact avec notre famille.

Une pause, elle évite mon regard. Je sens bien qu'elle hésite.

— S'il vous plaît…

Elle inspire. Le pendentif en camée sur sa poitrine semble prendre de l'élan.

— C'est une vieille histoire qui date de l'enterrement de son père.

Mon arrière-grand-père ? Je n'ai aucun souvenir de lui. Il est mort lorsque j'étais toute petite. D'un hochement de tête, je l'encourage à poursuivre.

— Comme Anna tenait une entreprise de pompes funèbres, sa famille a naturellement souhaité lui confier l'organisation des funérailles. Ce dont elle s'est chargée, avec brio.

— Mais alors, que lui reprochent-ils exactement ?

— Son brio justement, son brio tout personnel. Vous commencez à saisir le caractère de votre grand-tante, vous savez qu'elle a fait de son mieux. Elle a organisé un feu d'artifice, un lâcher de ballons et un bal. Comme son père adorait Elvis Presley, je vous laisse deviner qui a prononcé l'homélie… C'était un enterrement splendide, très gai, qui surpassait de loin tous ceux qu'Anna avait organisés jusqu'alors. Mais ils ne lui ont jamais pardonné de s'être montrée si légère alors qu'elle enterrait son père et celui de votre grand-mère. Ils ont pris cela pour un manque de respect, et envers son père, et à l'encontre de leur chagrin. Pour eux, elle n'était qu'une pauvre femme qui avait perdu la raison. Une dingue qui trouvait son plaisir à se moquer du monde. Elle en a beaucoup souffert. Oh oui, beaucoup…

Les mots de Liliane dégringolent sur le carrelage de la cuisine. Avec eux, tous mes repères familiaux. La découverte de l'abandon de Lulu d'abord, la prise de conscience qu'Anna m'avait toujours protégée ensuite. Et maintenant, cette nouvelle révélation qui m'apprend que je suis issue d'une famille sèche et étriquée.

J'en aime chacun de ses membres. À la limite, je peux comprendre qu'ils aient mal réagi. Pourtant la déception m'étrangle : tant d'années passées à ne pas se parler pour lever ce malentendu, quel gâchis.

— Emma, pardonnez-moi, fait Liliane en observant le changement sur mon visage, je n'aurais jamais dû vous raconter tout ça, vous allez avoir les idées tout embrouillées…

Je secoue la main pour chasser ses scrupules.

— En tout cas, sachez une chose : Anna a toujours su que vous deviendriez quelqu'un de bien. Elle n'aurait voulu confier son bébé à personne d'autre.

Dehors, dans le ciel, une horde d'oies sauvages rentrent au bercail. Je me cramponne aux animaux, volant en formation serrée vers le soleil.

— Bien bien, prononce Liliane au bout d'un moment.

Regard flottant. Notre échange vient de tomber aux oubliettes. Je lui prends la main.

— Ah oui, s'exclame-t-elle d'un ton jovial, c'est vrai, on a encore du pain sur la planche. Ah la la, quand on n'a pas de tête…

Cette femme me fascine. Finalement, elle oublie tout sauf l'essentiel.

Tandis que nous reprenons le cours normal de nos activités, le téléphone d'en bas se met à sonner. Un client ? L'échéance est si proche, ce serait inespéré. Bon sang, suis-je vraiment en train de souhaiter qu'on m'appelle pour organiser un enterrement ?

— Chez Anna, bonjour !

— Oui, bonjour, vous êtes Emma ?

— Euh… oui… fais-je, étonnée.

— Voilà, je suis la sœur de Grégory…

Grégory, que j'ai accusé à tort et blessé pour rien. Grégory, auprès de qui j'ai tant à me faire pardonner.

— … je vous appelle de l'hôpital…

## – 52 –

À peine avais-je raccroché que je me suis précipitée sur Liliane pour qu'elle contacte Maurice. Je l'ai attendu une dizaine de minutes qui m'ont paru durer des siècles, puis j'ai rongé mon frein et mes ongles en regardant les champs, les nuages et les oiseaux pendant que la camionnette avalait les kilomètres. J'ai bondi hors du véhicule sans attendre qu'il soit complètement immobilisé et j'ai couru aussi vite que j'ai pu vers le bureau des admissions.

Puis vers le bâtiment 3.

Puis vers les ascenseurs qui ne sont pas arrivés assez vite. Alors j'ai monté les marches de l'escalier de service quatre à quatre, je me suis excusée auprès d'un infirmier que j'ai failli renverser au passage, j'ai arpenté les couloirs avec une boule dans le ventre plus lourde qu'un chalutier, à la recherche de la chambre numéro 302.

Je me suis pris les pieds dans les roulettes d'un chariot sur lequel s'étageaient une montagne de draps propres, je me suis rattrapée au mur, j'ai juré des mots dont je ne suis pas fière. Et je suis arrivée.

Le numéro 302 inscrit sur une plaque jaunie.

Ça fait maintenant longtemps que je suis là, à tergiverser devant cette fichue porte. Cinq fois, j'ai levé le bras pour toquer. Cinq fois, la peur m'en a empêchée. Alors j'attends. Un signe, n'importe quoi, que quelque chose se produise et me donne le courage nécessaire.

Mon portable sonne, Abba résonne dans les couloirs feutrés de l'hôpital. Tout en me confondant en excuses gênées auprès des personnes qui se trouvent près de moi, je consulte l'écran. C'est Marion qui m'envoie un MMS.

Je n'ai pas le temps de télécharger la pièce jointe que la porte s'ouvre d'un coup sec. Surprise, je lâche mon téléphone qui s'écrase lamentablement par terre. Une femme, grande, élancée et très élégante apparaît dans l'encadrement. Aussi étonnées l'une que l'autre, nous considérons ensemble le boîtier et son écran fracassé.

— Oui ? demande-t-elle enfin en haussant un sourcil.

Mise ainsi devant le fait accompli, je n'ai pas le choix. Je balbutie :

— Je suis Emma…

La femme opine dans un sourire. C'est fou ce qu'elle lui ressemble.

— Entrez, m'enjoint-elle en se décalant sur le côté, Grégory vous attendait. Je vous laisse.

Et elle s'échappe, me laissant face à un corps couvert de plâtre, une tête ceinte d'un bandage, une nuque enserrée dans une minerve.

Je souffle :

— Grégory…

Il ne peut pas bouger. Pourtant, il essaie de tourner très légèrement la tête quand il entend ma voix. Avant de gémir de douleur.

— Ça vous fait mal ? murmuré-je tout en maudissant la question grotesque qui vient de sortir de ma bouche.

— Pas du tout.

Je pouffe. C'est nerveux. Je m'approche, interroge, histoire de dire quelque chose :

— Et la voiture ?

— J'ai peur qu'elle ne passe pas le contrôle technique.

— C'est un problème ?

— Pour moi, non. Pour elle, oui.

Je glousse à nouveau.

— Je peux ? demandé-je en désignant le lit.

— Bien sûr.

Je m'assieds avec mille précautions. Il grimace.

— Oh pardon ! m'exclamé-je en me redressant immédiatement, ce qui a pour effet de le faire grimacer un peu plus. Oh pardon !

J'ai autant de délicatesse qu'un troupeau d'éléphants dans un magasin de porcelaine.

— Non, non, tout va bien, gémit-il. Vous êtes très bien là où vous êtes.

Une lumière printanière baigne la pièce aux couleurs pastel. De l'autre côté de la vitre, le ciel sans nuages s'anime de dizaines de moineaux. Je regarde obstinément les dalles carrelées du sol, je tords mes doigts dans l'ourlet de ma doudoune bien trop chaude pour la saison. Une question me brûle les lèvres. J'ai peur de la poser. Mais, plus encore, j'ai peur de la réponse, peur qu'il m'apprenne qu'il voulait en finir. Je prends mon courage à deux mains, je le regarde dans les yeux et je prononce :

— Qu'est-ce qui s'est passé ?

— Je voulais vous rattraper. Un sanglier a traversé, je l'ai évité. Il faut croire que j'étais trop pressé, ajoute-t-il avec un clin d'œil qui lui arrache une plainte de douleur.

— Rien d'autre ?

— Croix de bois croix de fer, si je mens… Vous m'excuserez si je ne fais pas les gestes…

— Rien d'autre ? répété-je en plantant cette fois mes yeux dans les siens pour l'obliger à être sérieux.

— C'est parce que je n'ai pas fait les gestes que vous en doutez ? S'il n'y a que ça, je vais appeler une infirmière pour me défaire de ce morceau de plâtre.

Il fait mine de pousser son bras vers le bouton d'appel.

— Je vous crois.

— Tant mieux. Parce qu'il n'y a rien de plus vrai que ça.

La gêne est palpable. Nous ressemblons à deux collégiens.

— Vous savez, la statuette, dit-il au bout de plusieurs secondes, il suffisait de me la demander. Je vous l'aurais offerte avec beaucoup de plaisir.

Je me détourne, je suis tellement gênée, comment pourrais-je soutenir son regard ? Alors j'examine le moindre recoin, constatant qu'il y a pas mal de fissures au plafond. Et une tache d'humidité dans le coin droit, près de la porte. Les traces d'une fuite ancienne sans doute. J'ai la gorge sèche.

— Vous m'en voulez ? balbutié-je en pinçant mes lèvres.

— Pour m'avoir crié dessus en emportant la figurine de mon grand-père ou… pour avoir oublié de m'embrasser en partant ?

Mes yeux se brouillent quand il dit :

— Pour la statuette, il faudra me promettre de me l'expliquer un jour. Quant au baiser, c'est impardon…

Des larmes au bout des cils, je l'embrasse. Une fois. Deux fois. Et plein d'autres fois. Puis, mal à l'aise de m'être montrée si entreprenante, je bégaie :

— Je… je vais peut-être vous laisser, vous avez besoin de repos.

— Ne partez pas, je vous en prie.

Il ajoute, d'une voix chevrotante :

— Je t'ai tellement attendue.

Mes joues s'empourprent. Moi aussi, s'il savait, je l'ai tant espéré… Il nous épargne le ridicule qui suit souvent les grandes effusions en m'invitant à ramasser le sac à dos apporté par sa sœur. À l'intérieur, deux tablettes en mode veille.

Il m'explique :

— Tu ne serais pas contre un film auprès d'un feu de cheminée ?

Je hausse les épaules, amusée.

— Tant mieux ! Alors, allume-les, s'il te plaît. Le code, c'est M&Ms, précise-t-il dans une moue lumineuse.

M&Ms…

Je tire les rideaux et je m'installe près de lui, *La Cité de la Peur* sur une tablette, le film d'un feu de cheminée téléchargé depuis *YouTube* sur l'autre.

Lequel des deux s'est endormi le premier ? Je ne saurais le dire. Ce que je sais, en revanche, c'est que si le paradis existe, il doit ressembler à cet instant.

# – 53 –

Il y a exactement trente et un jours, à la même heure, Me Rouche me remettait les clés de cette maison étrange conçue pour recevoir des défunts. Je pensais alors que la mort y avait pris toute la place et que la vie, effrayée, s'était fait la malle. À tort. La vie était bel et bien là, si forte qu'elle m'a aveuglée. Il m'a fallu du temps pour accepter qu'elle m'enrobe de toutes ses promesses.

Assise sur les marches, observant Lulu en train de jouer avec le gros matou errant, j'attends le notaire. Il devrait arriver d'une minute à l'autre. Liliane est là, Maurice aussi, juste à côté d'elle, la soutenant de toute son affection. Pour la ménager, ni lui ni moi ne lui avons rappelé que l'échéance était aujourd'hui. C'est notre secret. Nous ne le briserons que lorsque nous n'aurons plus le choix.

Maurice a beau lancer des blagues de temps à autre pour nous dérider, la nostalgie domine. Je regrette déjà la troupe de saules pleureurs, le charme dont les premiers bourgeons se forment, les graviers de l'allée, les boules qui s'activent lorsqu'on applaudit, le lierre sur la façade, les volets qu'il faudrait retaper, les hirondelles qui, comme l'avait prédit Liliane, sont revenues nicher sous le toit. Mais, parce qu'il en a gros sur la patate et qu'attendre lui court-circuite l'estomac, Maurice finit par emporter Liliane à l'autre bout du jardin.

— Tu veux bien m'aider à tailler le rosier ? Les roses trémières ne repartiront pas sans ça.

Ils s'éloignent, cahin-caha. Se baissent de concert vers les têtes penchées des roses naissantes dans ce début de crépuscule.

Quoi qu'il arrive, je ne partirai pas vraiment puisqu'il y a Grégory, et que mon cœur s'est enraciné à cette terre de Bourgogne. Mais ce sera différent sans la maison d'Anna. J'ai un goût d'inachevé au fond du palais. Je n'ai pas eu les épaules assez larges pour reprendre le flambeau de son œuvre. J'ai échoué. Il faut croire qu'on ne peut pas gagner sur tous les tableaux.

Ça y est, la berline sombre est en train de se garer devant le portail. Les portières claquent sur Me Rouche et son assistante. Une enclume dans la gorge, je vais à leur rencontre.

Nous nous saluons poliment.

— Eh bien voilà, nous y sommes, mademoiselle Heussler. C'est l'heure du bilan.

J'opine du chef.

— J'ai l'impression que ce n'est pas glorieux, crache la clerc de notaire en dévisageant la maison par-dessus mon épaule.

J'ai du mal à interpréter le visage qu'elle présente à cet instant : est-ce du contentement que je lis sur ses traits, derrière sa couche de maquillage ? N'importe quoi, il va vraiment falloir que je travaille sur ma propension à voir le mal partout…

Sous le regard lointain de Maurice qui s'efforce de garder l'attention de Liliane cramponnée au rosier, je les conduis en silence au siège de Chez Anna que nous avons tous les trois remis en état avec les moyens du bord. Le notaire s'arrête sur l'enseigne dont on discerne sans difficulté qu'elle a été rafistolée avec du fil de fer et qu'elle ne tient que par l'opération du Saint-Esprit. Il examine avec attention les dossiers rangés à la va-vite, les murs lessivés, les objets recollés comme on a pu.

— Des clients, ce mois-ci ?

Je déglutis.

— Un.

— L'enterrement s'est bien passé ?

— Il n'y a pas eu d'enterrement finalement… fais-je en grattant le sol de mes Converse.

— Il a changé d'avis ? demande-t-il en me regardant par-dessus ses lunettes rondes.

— En quelque sorte…

Me Rouche n'insiste pas. Il remonte ses lunettes d'une pulsion de l'index. De son côté, la clerc de notaire passe en revue à haute voix les défauts qu'elle remarque, en ponctuant ses critiques de « Quel dommage ! » et de « Quand même, un si bel établissement ! ». Je me sens mise à nu, tailladée par les commentaires acerbes de cette femme.

Au bout de quelques minutes de cette inspection douloureuse, je n'y tiens plus et m'adresse à Me Rouche d'une voix blanche que je reconnais à peine :

— Écoutez, on ne va pas insister davantage, je sais que je n'ai pas su redresser les affaires d'Anna. Tout ce que je vous demande, c'est de m'accorder le droit de récupérer Lulu.

Il arque les sourcils.

— Lulu ?

— Le chien. Mon chien, en réalité. C'est une longue histoire.

Le notaire ouvre la chemise qu'il tient à la main et en étudie silencieusement le contenu. J'ai l'impression que le temps s'arrête, je retiens mon souffle.

— Ça ne devrait pas poser de problème, conclut-il.

J'ai envie de lui sauter au cou, mais je retiens mes élans et garde les yeux rivés au sol.

— Ça ne devrait pas poser de problème... parce que la maison est à vous...

Je dresse l'oreille, mon cœur bat à tout rompre. Je ne suis pas certaine d'avoir compris ce qu'il vient d'annoncer.

— Je vous demande pardon ?

— Quoi ? fait en écho la clerc de notaire.

— Votre grand-tante n'a exprimé qu'un seul critère de réussite : que vous soyez encore là après un mois.

— C'est tout ? m'écrié-je. Mais pourquoi ne pas me l'avoir dit ?

— Elle me l'avait interdit.

Avec un grand sourire, il me tend une photo.

C'est la femme de la station de bus.

C'est celle de la parfumerie.

C'est l'homme qui nourrissait les pigeons sur le banc public.

C'est Anna, le visage éclairé par un immense sourire, qui désigne quelque chose derrière elle, dans le ciel. On distingue en haut un petit point blanc en forme d'avion. Dans son sillage, un message capturé juste avant qu'il ne s'efface. « Chez Emma ».

Une fée. Qui savait même écrire dans les nuages.

— Mais enfin, proteste sa collègue en se campant sur ses deux jambes, les bras à la taille, avec le cambriolage, ils n'ont rien fait, c'est insensé !

Le cambriolage ? Comment peut-elle être au courant ? Je n'ai même pas porté plainte… Au regard que je lui lance, elle voit qu'elle en a trop dit.

— De quoi parlez-vous, Christiane ? s'étonne à son tour Me Rouche.

Elle recule en bredouillant des paroles incompréhensibles.

— Oui, non, pardon, j'ai cru que, je dois confondre, petit patelin ici, tout se sait, mais les rumeurs hein, parfois on se trompe, toujours se méfier des potins…

Quatre heures plus tard, la clerc de notaire est entendue par la police. Elle avoue rêver de reconversion depuis des lustres, et la maison d'Anna lui est apparue comme une opportunité à saisir. Son plan était simple : prier pour que je ne tienne pas le choc et, à défaut, saboter ma prise de fonction. D'où le cambriolage pour me déstabiliser et me pousser à la désertion.

— Vous voulez porter plainte ? m'interroge l'agent après qu'elle a terminé ses confessions.

Je songe à Anna. À la seconde chance que ma famille ne lui a jamais accordée. Et, même si cela n'a aucun rapport avec l'histoire qui m'occupe, je me dis que cette femme doit bien mériter, elle aussi, sa seconde chance.

— Non.

— Vous êtes sûre ? demande l'agent, perplexe.

— Certaine.

# ÉPILOGUE

*Deux ans plus tard.*

La porte s'ouvre avec fracas. La voix de Marion s'invite dans la pièce :

— Allez, on se dépêche, on va être en retard !

Je tente de desserrer une paupière.

— Ttt ttt ttt, on ne bouge pas, m'enjoint Maurice tandis qu'il parfait mon teint en apposant délicatement une éponge en mousse sur mon front.

— Mais…

— Marion, vous devriez vous détendre, lui lance le vieil homme.

— Je suis très détendue, proteste-t-elle, la bouche pleine, en pénétrant dans la pièce.

— Dis, ce ne sont pas les M&M's, j'espère… fais-je, soupçonneuse, en essayant d'ouvrir un œil sans que Maurice s'en rende compte.

— Emma !

Le rappel à l'ordre ne s'est pas fait attendre.

— Bah oui, Emma, voyons, répète Marion en pouffant.

— Voilà, c'est fini, déclare Maurice après une dernière application de blush, vous pouvez ouvrir les yeux.

Ça alors… C'est moi, en différente. Moi, en mieux.

— Tu es splendide, fait Marion.

— Vous êtes très belle, convient Maurice.

Je me lève, m'arrête sur mon reflet dans le grand miroir. Je me sens tout drôle dans cette grande robe blanche. Ma voix chevrote :

— Vous savez que vous êtes un magicien ?

Le vieil homme hausse les épaules en signe de modestie. Puis Marion m'enlace par la taille, comme une sœur le ferait.

— Alors, comment tu te sens ? me demande-t-elle en exhalant un souffle de chocolat et de cacahuètes.

— Je ferais bien un petit somme.

— Tu déconnes !

— Oui. Mais arrête de manger tous les M&M's !

— C'est pas ma faute si vous avez eu la bonne idée de remplacer ces dragées immondes par des bonbons au top !

Elle m'embrasse puis me conduit dans le salon où nous attendent Liliane et mon père, pendant que Maurice range ses fards. Quand je pénètre dans l'autre salle, j'entends le silence se poser sur nous. Les yeux humides de mon père. L'hésitation de Liliane. Je lui montre sa main. Elle est rassérénée.

Une seconde plus tard, Maurice a retiré sa casquette de maquilleur pour revêtir celle de chauffeur en livrée.

— Tout le monde est prêt ?

Nous sommes à présent dans le minivan aux allures de corbillard. À l'arrière, Marion et mon père me pétrissent les doigts. Liliane est assise sur le siège passager, près de Maurice. Liliane l'ignore, mais j'ai dans le creux de mon corsage une bague qui lui est destinée.

Maurice me l'a remise un peu plus tôt. Tout en dessinant délicatement le contour de mes lèvres avec un pinceau, il a dit :

— On n'est jamais trop vieux pour ça…

— Et si elle oubliait votre demande aussitôt qu'elle l'entendait ?

Il a ri :

— Ça ne changerait pas !

Comme je l'ai regardé en fronçant le nez de stupeur, il a expliqué :

— Ça fait deux ans que, chaque mois à la même date, je lui fais ma demande. Deux ans que, chaque mois, elle l'oublie aussitôt.

— Je ne comprends pas : pourquoi ne pas le lui rappeler ? Il suffirait qu'elle le note…

— Parce que rien ne pourra remplacer le bonheur que j'ai à voir ce rose qui lui monte aux joues quand elle murmure son « oui ». Dans mes oreilles, ça sonne plus doux que le gazouillis d'un moineau. Certaines musiques vous sont indispensables…

— Je vois, comme Michel Sardou…

— Croyez-moi ou non, j'échangerais volontiers un million de *lacs du Connemara* contre un seul « oui » de Liliane.

— Et les bagues ?

— C'est la seule chose qui m'inquiète, je ne sais pas ce qu'elle en fait ! À croire qu'elle les mange… Je suis devenu le meilleur ami du bijoutier.

— Donc vous ne l'épouserez jamais vraiment ?

— Je ne désespère pas. Penchez un peu la tête en arrière, histoire que je termine ce teint de pêche…

Pendant que nous approchons du lieu où doit se tenir la cérémonie, je songe à mon vieux Lulu, parti dans son sommeil il y a six mois, le lendemain du jour où Grégory m'a fait sa demande, comme s'il pouvait à présent s'en aller serein.

Voilà, nous y sommes. Je m'extirpe du minivan. Prends le bras de mon père qui bombe le torse. Les premières notes de musique résonnent du piano placé sur le côté, la voix de la sœur de Grégory monte au-dessus de nous.

*Des yeux qui font baisser les miens…*

Les invités se tournent sur notre passage. Me saluent d'un hochement de tête.

*Un rire qui se perd sur sa bouche…*

À droite, les nouveaux propriétaires de la maison de Grégory, un jeune couple qui ne va pas tarder à accueillir son deuxième enfant. À gauche, Hervé et Richard, les habitués de notre maison d'hôte.

*Voilà le portrait sans retouche…*

Au premier rang, ma mère, ma grand-mère, mon grand-père, tous réunis sur les terres d'Anna, comme un hommage.

*De l'homme auquel j'appartiens.*

Près de l'autel en bois blanc, Grégory. Élégant. Fébrile. Ému. Dans ses bras, Lili, sa fille de cinq ans qui a perdu sa mère bien trop tôt. Lili, que Grégory avait confiée à sa sœur, pendant quelques mois. Lili, ma fille désormais.

*Quand il me prend dans ses bras.*

La fillette court à ma rencontre. Place ses doigts dans les miens. Remplace mon père qui s'écarte de bonne grâce, pour me mener à l'autel. Je souris. Il sourit. Elle sourit. Nous sourions.

*Qu'il me parle tout bas.*

Nous regardons en l'air. Au-dessus de nous, un avion. Et au-dessus de l'avion, dans les nuages vaporeux, je crois discerner la forme de deux visages amusés. Un homme, une femme. Enfin réunis.

*Je vois la vie en rose.*

*« Pour tout dire, le métier qu'il avait toujours eu envie de faire n'existait pas. Tout jeune, dans son village, il avait eu l'impression que des tas de gens n'étaient pas à leur place, prenaient un chemin qui n'étaient pas le leur, uniquement parce qu'ils ne savaient pas. Et il imaginait un homme très intelligent, très compréhensif, surtout, à la fois prêtre et médecin, par exemple, un homme qui comprendrait du premier coup d'œil le destin d'autrui. On serait venu consulter cet homme-là comme on consulte un docteur. Il aurait été, en quelque sorte, un raccommodeur de destins… »*

Georges SIMENON (extrait de *Maigret. Monsieur Gallet, décédé*)

# MERCI MERCI MERCI


Le plus grand des manoirs ne saurait contenir la gratitude qui m'enveloppe alors que j'appose le point final à ce texte.

Merci à mon mari formidable, le vrai architecte de ces histoires.

Merci à ma fille, toi qui as toujours la bonne idée qui permet de débloquer les situations les plus inextricables. Ton insouciance est un bonheur. Tu es la poésie de ma vie.

Merci à ma Clo, toujours présente, la bienveillance au cœur et l'expertise au bout des doigts.

Merci à mes copines de plume qui se reconnaîtront.

Merci aux blogueuses formidables qui soutiennent avec un enthousiasme incroyable mes petits textes.

Merci aussi à ces musiques qui m'ont accompagnée tout au long de l'écriture : Edith Piaf *La vie en rose*, Sam Smith *Too good at goodbyes*, One Republic *Come home,* Joe Cocker *Up where we belong,* Adele *Remedy,* Calum Scott *You are the reason,* Saint-Clair *Sailing,* Vance Joy *Georgia,* quelques morceaux choisis d'Erik Satie, …

Et, bien sûr, merci à vous, qui avez choisi de vous plonger dans ce roman sans prétention.

J'espère qu'Emma, Grégory, Anna, Liliane, Maurice et tous les autres auront réussi à vous faire voyager le temps d'une histoire au pays du bonheur. Si tel est le cas, n'oubliez pas de parler de ce roman autour de vous et, si vous en avez la possibilité, de laisser un petit commentaire sur Amazon.

Merci merci merci !

Et à très bientôt pour de nouvelles aventures !

## DU MEME AUTEUR

**L'amour à nu** – Comédie romantique

Gaëlle rêve de devenir journaliste. Ses études terminées, elle se rend à Paris pour tenter de décrocher le job idéal. Dès son arrivée, elle rencontre Gabin, un jeune homme dont elle tombe éperdument amoureuse. Mais, bien sûr, rien ne va se passer comme prévu… Ajoutez à cela une arrière-grand-mère un peu fantasque qui lui envoie un cadeau pour le moins inattendu, et c'est toute son existence qui est chamboulée.

Après L'amour à nu, comédie romantique pétillante et originale, vous risquez de ne plus ouvrir votre boîte aux lettres de la même façon…

***Il était encore une fois*** – *Comédie romantique*

Adolescentes, Mélanie et Sandra ne s'entendaient pas. À présent qu'elles sont adultes, elles ne se côtoient plus et ne s'en portent pas plus mal. Mais lorsque Caroline et Maxime décident de réunir leurs anciens camarades de lycée pour célébrer leur mariage, une semaine mouvementée se profile. D'autant plus qu'Adrien, le bel Adrien, est aussi de la partie.

Et encore, si ce n'était que ça… Parce qu'un petit imprévu pourrait bien venir tout perturber.

Après avoir lu *Il était encore une fois*, vous n'irez plus assister à un mariage de la même manière…

(format broché réédité chez City éditions)

***Une histoire d'amour sans caribou*** – *Com. romantique*

*Un roman qui va vous rendre heureux.*

Le quotidien de Fanny n'est pas simple : veuve depuis trois ans, elle court sans cesse entre ses obligations de maman et son métier d'aide-soignante dans une maison de retraite où elle s'efforce d'apporter un peu de bonheur aux pensionnaires. Au fil du temps, elle a développé avec l'un d'eux une véritable amitié. Aussi, lorsqu'elle apprend qu'il est au crépuscule de son existence et qu'il a besoin d'elle pour retrouver son amour perdu, elle n'hésite pas longtemps avant d'embarquer ses enfants dans un périple qui pourrait bien changer le cours de leur vie.

*Un roman doux et drôle à la fois, une histoire délicate, des personnages tendres pour un texte qui fait du bien. À lire emmitouflé dans un plaid, une tasse de chocolat à la main.*

***Si tu crois un jour que tu m'aimes*** – *Com. romantique*

*Une histoire bouleversante qui va vous embarquer dans un tourbillon d'émotions.*

Ce matin-là, après une soirée trop arrosée, Manon se réveille passagère clandestine sur le King of the Seas. Mais que fait-elle sur le plus grand paquebot du monde qui entame sa croisière inaugurale, direction New York ?

Tout a commencé il y a quinze jours. Deux toutes petites semaines. Une éternité…

*Et si l'amour était plus fort que tout ?*

# QUI SUIS-JE ?

La vie n'est pas toujours très réjouissante, les actualités sont souvent tristes à pleurer. Alors, pour chasser le gris, je me suis mise à écrire des histoires qui, je l'espère, sauront vous faire sourire.

J'y mets du rose (beaucoup), du rêve (un peu), de la bonne humeur (un sacré paquet) et de la légèreté (juste un doigt), que j'arrose avec un brin de folie.

Ces histoires, vous pouvez les lire entre deux M&M's, dans la rame bondée d'un RER, sur le quai d'une gare, dans un café ou chez vous, bien au chaud sous un plaid. Peu importe, au fond, il n'y a pas de mauvaises circonstances pour ouvrir une comédie romantique.

Si cet univers vous plaît, n'hésitez pas à me rejoindre sur Facebook :

https://facebook.com/people/Charlie-Wt/100014700049178